THOMMIE BAYER

Andrea und Marie

Buch

Ralf ist mit Marie verheiratet, und zwar schon lange. Sie ist eine erfolgreiche Architektin; er ist Buchhändler und liebt Bücher über alles – abgesehen von seiner Geliebten Andrea. Andrea weiß, dass Ralf verheiratet ist, doch ihr genügen die gemeinsamen Stunden am Nachmittag. Der Sommerurlaub naht, und Ralf möchte nicht während der ganzen Zeit von Andrea getrennt sein. So überredet er sie, ihnen nach Südfrankreich zu folgen, wo Marie und Ralf ein wunderschönes altes Haus besitzen. Andrea quartiert sich auf dem Campingplatz ein, doch so in der Nähe von Ralfs Frau fühlt sie sich nicht wirklich wohl. Ihr Unbehagen steigt, als sie vergebens auf Ralf an ihrem heimlichen Treffpunkt wartet. Was Andrea nicht wissen kann: Ralf hatte einen Unfall und liegt in Gips verpackt im Krankenhaus. Zufällig lernen sich Andrea und Marie kennen und werden gute Freundinnen, bis Ralf wieder auftaucht …

Autor

Thommie Bayer, 1953 in Esslingen geboren, studierte Malerei an der Kunstakademie in Stuttgart. Von 1978 bis 1988 trat er als Liedermacher hervor. Seit 1985 veröffentlicht er Storys und Romane und wurde 1993 mit dem Thaddäus-Troll-Preis ausgezeichnet. Seine Romane »Spatz in der Hand« und »Andrea und Marie« wurden erfolgreich fürs Fernsehen verfilmt.

Von Thommie Bayer sind außerdem als Taschenbuch erschienen

Der Himmel fängt über dem Boden an. Roman (43026)
Der langsame Tanz. Roman (44324)
Spatz in der Hand. Roman (35277)

THOMMIE BAYER

Andrea und Marie

Roman

BLANVALET

Umwelthinweis:
Alle bedruckten Materialien dieses Taschenbuches
sind chlorfrei und umweltschonend.

Blanvalet Taschenbücher erscheinen im Goldmann Verlag,
einem Unternehmen der Verlagsgruppe Bertelsmann.

Originalausgabe Juni 2001

Umschlaggestaltung: Design Team München
Umschlagmotiv: Uli Gleis unter Verwendung von
Fotografien von Ronald Siemoneit
Satz: DTP Service Apel, Hannover
Druck: Elsnerdruck, Berlin
Verlagsnummer: 35479
KvD · Herstellung: Heidrun Nawrot
Made in Germany
ISBN 3-442-35479-X
www.blanvalet-verlag.de

1 3 5 7 9 10 8 6 4 2

Für Heike

Wie lang war das schon her? Zwei Monate? Ein Vierteljahr? Ihr letzter lauter Streit ging um die Zeitung: wie schon so oft, sah sie den ihr gnädig überlassenen Teil der Süddeutschen zerfleddert neben ihrem Teller liegen, als wäre dies der Platz für den Müll, und Marie explodierte: »Soll ich das jetzt anzünden, oder was?«

Ralfs Gesicht lugte, ärgerlich erstaunt, hinter dem Feuilleton hervor.

»Guten Morgen«, sagte sie leiser, aber noch immer zornig hinterher, was die Falten zwischen Ralfs Brauen zwar nicht zum Verschwinden brachte, aber dafür diesen wachsamen Ausdruck in seine Augen, den sie immer annahmen, wenn er sich zur Verteidigung aufraffte.

»Kriegst du deine Tage jetzt schon alle zwei Wochen?«, raunzte er und duckte sich, als rechne er mit einem Wurfgeschoss.

Leider musste sie lachen, denn Frechheiten dieser Art war sie von Ralf nicht gewohnt, und so nahm die viel versprechende Auseinandersetzung ein allzu frühes Ende. Marie schaffte es gerade noch, ihm in halbwegs strengem Ton zu erklären, dass eine Morgenzeitung frisch sein muss, und er ihr gefälligst einen ungelesenen Teil reservieren solle, oder es müssten zwei

Zeitungen her. Oder zwei Badezimmer. Damit Chancengleichheit herrschte, und sie beide zur selben Zeit am Frühstückstisch und damit am Start für das Rennen ums Feuilleton wären.

Am übernächsten Tag schon hatte ein zweites Exemplar der Süddeutschen dagelegen, und seither raschelten sie einander über den Tisch hinweg die Botschaft ihrer Existenz zu. Mit genau gleich frisch knisterndem Papier.

Wie lange war das her?

1

Ralf ist kein Mann zum Streiten, dachte Marie. Zum Glück. Ein Feuerkopf pro Ehe ist genug. So aufbrausend und vorlaut sie selbst oft sein konnte, war ein in sich gekehrter, friedfertiger Mann wohl die beste Versicherung gegen das Risiko, eines schönen Tages wegen nichts geradeaus durchs Dach zu fliegen. Und nie mehr auf dem Boden der Tatsachen zu landen.

Sie fühlte sich müde. Und wusste, dass man ihr das nicht ansah, denn sie hatte jahrzehntelange Übung darin, sich mit präzisen Handgriffen, noch im Halbschlaf wie auch in größter Eile, in eine makellos geschminkte Karrierefrau zu verwandeln. Gerade mal eine halbe Stunde brauchte diese Prozedur, während der sich die unbeholfene Raupe zum federleichten Schmetterling entpuppte. Eigentlich verpuppte sie sich, denn um das wahre Ich der Raupe wurde das falsche des Schmetterlings drapiert. Aber der war alles, was die Außenwelt sah und deshalb auf seine eigene Art doch wieder wahr. Außer Ralf wusste niemand, wie die Raupe gähnte, im Schlaf auf einer Haarsträhne kaute oder sich prüfend in den Oberschenkel kniff. Dafür liebte sie Ralf. Dafür dass er sie liebte, obwohl er sie kannte. Als Raupe.

»Wann schlafen wir eigentlich mal wieder miteinander?«, fragte sie die Zeitung gegenüber, aber außer einem Rascheln und etwas, das vielleicht ein Räuspern gewesen sein mochte, erhielt sie keine Antwort. Sie ließ sich extra Zeit damit, ihre eigene Zeitung zu senken, denn sie wusste, das fragende Unschuldsgesicht würde erst in einigen Sekunden hinter der Literaturseite auftauchen. Ja. Da war es. Verwirrt mit blauen, freundlichen Augen bat es mit seinem ganzen Ausdruck um Präzisierung dieser unverständlichen Frage.

Aber Marie lächelte nur, hob ihre Zeitung wieder vors Gesicht und überließ den ratlosen Pegasus seinem Flug durch die erhabenen Gedanken irgendwelcher Rezensenten.

Sie las nicht weiter. Der Artikel vor ihrer Nase verschwamm zu einem grauen Brei, während sie dachte, wieso interessiert ihn das Gelaber irgendeines Kritikers mehr als meine Frage? Weil er ein Mann ist? Ein Buchhändler? Ein Literaturfreak? Oder ist er einfach nur zu feige, sich einer klaren Frage zu stellen, weil er keine klare Antwort darauf weiß? Oder, noch schlimmer, er weiß die Antwort und will sie mir nicht zumuten?

Mit einem innerlichen Seufzer ließ sie ihre Zeitung sinken, nahm einen letzten Schluck Kaffee und legte, um sich selber aufzumuntern, beide Handflächen auf den Tisch. »Im Urlaub frag ich noch mal nach«, sagte sie und stand auf. »Ich muss los.«

Ralf brummte so teilnehmend und freundlich, wie nur er brummen konnte und spendierte ihr einen ermutigenden Blick. Zum Dank für diesen Blick fuhr sie mit der Hand durch sein schütteres Haar und musste lächeln dabei. Jetzt sah er wenigstens so aus, als habe er eine wilde Liebesnacht hinter sich.

Sie hatte die Türklinke in der Hand und den Mantel schon fast angezogen, nur die Papprollen mit den Plänen unter ihrem Arm kippelten noch in einer viel zu heiklen Balance, als Marie über die Schulter rief: »Du musst dich kämmen.«

*

Ralf ließ die Zeitung auf den Teller sinken. Wieso setzt sie mich immer unter Druck, dachte er, wieso können die Dinge nicht einfach so sein, wie sie nun mal sind? Ich hatte in der letzten Zeit nicht den Eindruck, sie wolle mit mir schlafen, wieso jetzt, wieso auf einmal heute, wieso genau an diesem Tag steh ich da, als läge das an mir?

Er wusste um die Unehrlichkeit dieser Klage, wusste, wie oft er abends schon vorsorglich gähnte, noch bevor das Licht gelöscht war, oder sich in einem Buch vergrub, bis Marie endlich einschlief. Aber warum sollte er ehrlich sein, wenn sie ihn immer unter Druck setzte? Andrea setzte ihn nie unter Druck.

Ach, verdammt! Er hob die Zeitung an und drehte sie um. Jetzt war der Essay von Enzensberger mit Butterflecken gemustert. Er stand auf, holte eine Schere und schnitt den Artikel aus Maries Zeitung. Es hatte doch sein Gutes, zweimal dasselbe Blatt zu abonnieren.

Er musste los. Ein kritischer Blick über alle Geräte in der Küche zeigte ihm, dass Marie diesmal nur ein einziges Kochfeld angelassen hatte. Er drehte auf Null und ging aus der Küche.

*

Ein Morgen wie Altsilber, dachte Andrea, als sie sich dabei ertappte, dass sie, anstatt die Zeichnungen ihrer Schüler einzurollen, minutenlang aus dem Fenster ins schimmernde Blattwerk der Kastanie gestarrt hatte. Sie war vom Licht hypnotisiert. Immer wenn ihr Blick zufällig den schmalen Keil von Helligkeit mit seinen tanzenden Staubkörnchen wahrnahm, der durchs Fenster in den Dämmer der Gründerjahrevilla hereinragte, dann musste sie ihm folgen. Nach draußen, durch die Blätter in den Himmel, bis sie spürte, dass ihre Pupillen enger wurden, um sich der neuen Sicht und Helligkeit anzupassen. Natürlich spürte sie das nicht, aber sie wusste es, und für Menschen wie Andrea ist Wissen und Fühlen dasselbe.

Aber vielleicht war sie auch durch etwas anderes so abrupt in dieses selbstvergessene Sinnieren geglitten: Ralfs Anruf. Kurz und warm, wie oft, aber auch fordernd oder bittend, sie wusste es nicht genau, wie selten. »Ich muss dir unbedingt was sagen«, hatte er geflüstert, vielleicht waren schon Kunden im Laden, »oder nein, ich will dich um was bitten. Wann darf ich?«

»Ich bin um eins aus der Schule zurück«, hatte Andrea gesagt und ihre Stimme ebenfalls gesenkt, obwohl ihr das Rauschen der Dusche verriet, dass Celine sie nicht hören konnte, »komm doch dann. Ich freu mich.«

»Ich mich auch«, Ralfs Stimme wurde noch leiser, »ich zähl die Stunden.«

»Schön. Das klingt schön«, Andrea hatte ihr eigenes Lächeln gespürt, »ich freu mich. Bis dann.«

Seltsam, dachte sie jetzt, als sie endlich die letzte

Tuschezeichnung eingerollt und mit einem Gummi umspannt hatte, ich bin sechsundvierzig, und seine Stimme kitzelt mich durchs Telefon, als wär ich sechzehn oder siebzehn. Sie schüttelte den Kopf, um ihr Lächeln loszuwerden, denn sie wollte es ihrer Tochter nicht erklären müssen. Aber als sie die Jacke vom Haken nahm und in den Flur trat, spielte es noch immer um ihre Lippen.

»Mensch Mama, du trödelst schon wieder endlos rum«, sagte Celine und trat übertrieben drängelnd, als müsse sie aufs Klo, von einem Bein aufs andere.

»Ja, ja«, hörte sich Andrea selber im unkonzentrierten Ton überforderter Mütter sagen, »ich komm ja schon.«

Sie war schon fast an der Tür, als sie ihre Tochter grinsen sah, den Blick fest wie ein hungriger Hund auf Andreas Füße gerichtet. Sie schaute selbst an sich herunter und sah, dass sie schon wieder die Schuhe vergessen hatte. Gut so. Dann gab es einen Grund zu lächeln. Sie nahm die Schuhe in die Hand, um sie im Auto anzuziehen. Die kurze Strecke barfuß würde sich schön anfühlen.

»Mach«, quengelte Celine weiter, »ich komm zu spät.«

»Heut sind alle Ampeln grün«, versprach Andrea und zog die Haustür ins Schloss.

»Manchmal hab ich den Eindruck, wir haben die Rollen getauscht, ich bin die Mutter und du mein Kind«, sagte Celine in ihrem typischen, nur vordergründig vorwurfsvollen, in Wirklichkeit aber zufriedenen Ton altkluger Überlegenheit. »Du wärst jetzt barfuß vor die Klasse getreten.«

»Ich find's schön, wenn du mich bemutterst«, sagte Andrea und legte ihren Arm um Celines Hüfte. Aber sie dachte, wenn du mir bloß nicht auf meine Liebesaffäre kommst. Die Vorwürfe will ich mir nicht anhören müssen. Auf dem ganzen Weg durch Eimsbüttel und das kleine Stück durch Altona waren tatsächlich fast alle Ampeln grün.

*

Ich hab die falschen Schuhe an, dachte Marie, als sie die wacklige Planke betrat. Wenn das Ding kracht, kann ich Strümpfe, Haut und Timberlands vergessen. Aber sie hatte nur eine der Papprollen vom Rücksitz des gelben Flitzers genommen und deshalb nichts weiter zu balancieren als ihren eigenen Körper. Sie lächelte und schüttelte über sich selbst den Kopf. Eine Frau von neurotischer Ordnungsliebe und dabei nicht in der Lage, drei Planrollen so unter den Arm zu klemmen, dass nicht mindestens eine davon nach fünf Schritten auf ihrem Zeh landete. Sie war am Rohbau angelangt und fuhr mit dem offenen Aufzug nach oben.

Dort wandte sich ihr das wächserne, von geplatzten Äderchen marmorierte Poliersgesicht zu, als das Scheppern des Lifts ihren Auftritt angekündigt hatte. Er kam her.

»Wie läuft's?«, fragte sie, das war die übliche Begrüßungsformel, und er antwortete wie immer: »Gut, Frau Fahrenholt, wir liegen noch immer vor dem Zeitplan.«

Er ging voraus zu einer neu hochgezogenen Wand, auf der schon die Deckenkonstruktion montiert war, alle Stahlträger einbetoniert und ein Teil schon verschweißt.

»Hierfür bräuchte ich noch Ihren Segen«, sagte der Polier und deutete auf das Ende der Wand. »Da sind wir vierzig Zentimeter weiter nach vorn gekommen, aber das ist nicht schlimm, weil wir die Wand des Heizungsraums anschließen und dann erst hinten am Fahrstuhl wieder einwärts mauern können. Der Gang ist dann immer noch breit genug, und im Heizungsraum ist mehr Platz. Und statisch ist es ja nur gut, wenn die tragende Wand länger ist. Was meinen Sie?«

»Reißen Sie's runter«, sagte Marie.

»Aber die T-Träger sind schon drin, ich kann das nicht einfach wieder rückgängig machen.«

»Das werden Sie aber müssen. Ein Bauplan ist kein Vorschlag.«

Die Stimme des Poliers zitterte vor kaum beherrschter Wut: »Aber ich bitte Sie, es kann doch auch mal was schief gehen.«

»Sicher«, sagte Marie, »aber nicht stehen bleiben.«

Bestimmt platzen ihm jetzt in diesem Moment wieder fünfzig neue Äderchen, dachte sie, als der Polier sich in mühsamer Beherrschung auf die Unterlippe biss, aber es half nichts. Die Wand musste weg.

»Sehn wir uns den Lichthof an.« Sie drehte sich um und ging voraus. Im Rücken spürte sie förmlich, wie der Mann den Atem einzog, bevor er sich überwand, ihr zu folgen.

*

Ich liebe diesen Ort, dachte Andrea, als ihr Blick über die gesenkten Köpfe der Schüler, die Arbeiten an der Wand und die im Raum verteilten Staffeleien schweifte. Die Gliederpuppe, deren Anschaffung sie so enervierend viel Überredungskunst bei der Verwaltungskonferenz gekostet hatte, kam zum ersten Mal zum Einsatz, und die Schüler versuchten beflissen, Proportion und Perspektive zu erfassen.

Nicht alle. Wie immer lümmelte sich der kleine, reiche Patrick Sembdner in seinem Stuhl und strichelte lustlos an einem grimassierenden Kürbiskopf herum. So was war die Folge, wenn ambitionierte Eltern glaubten, ihre Kinder in ungeliebte Leistungskurse nötigen zu müssen.

»Na ja«, sagte Andrea in resigniertem Ton, als sie über Patricks Schulter auf sein liebloses Gekrakel sah.

Der Junge biss das Ende von seinem Bleistift ab und spuckte es auf den Mittelgang: »Wir könnten ja was Interessanteres zeichnen.«

»Und was?«

»Akt.«

Andrea spürte die Aufmerksamkeit der Klasse, das Kichern und Rascheln hinter ihrem Rücken. »Gut«, sagte sie, »ziehen Sie sich schon mal aus und stellen sich in die Mitte.«

Das Kichern schwoll zum Gelächter an. Andrea drehte sich so, dass sie alle Schüler im Blick hatte. Sie registrierte Applaus, begeistertes Kopfnicken, erstauntes Einander-Anschauen, ironisch hoch gezogene Augenbrauen, Stöhnen und das demonstrativ erwartungsvolle energische Umblättern eines Zeichenblocks. Sie drehte sich wieder zu Sembdner um und erwartete, ihn mit rotem Kopf dasitzen zu sehen.

Fehlanzeige. Er grinste breit und selbstbewusst,

deutete mit dem Daumen auf die eigene Brust und fragte unschuldig: »Ich?«

»Was spricht dagegen?«

»Ich dachte …«, fing der Junge an, aber er wurde unterbrochen von Jennifer Brinks, der Wortführerin jedes albernen Disputs: »Jungskörper sind doch nicht schön.«

»Das kann man so und so sehen«, erwiderte Andrea und wandte sich wieder gespannt zu Patrick: »Na, sind Sie zu schüchtern?«

Sein Grinsen war nun zwar weniger selbstbewusst als vielmehr verlegen, aber den Mut hatte er noch nicht verloren: »Ich dachte eher an Sie.«

Das Gejohle und der frenetische Applaus in der Klasse verschafften Andrea die Zeit, die sie für die passende Antwort brauchte: »Das ist ein Kompliment, oder?«

»Na klar.«

Den Rest besorgte Gott sei dank die Klingel.

»Das war rechtzeitig«, sagte Andrea lachend in den allgemeinen Aufbruch hinein und genoss es, wie immer, den Strom der jungen Leute um sich herumfließen zu lassen. »Bis nächste Woche.« Sie lächelte noch auf dem Weg zum Parkplatz.

Und dann wieder im Hausflur. Aber dort aus einem anderen Grund, denn vor ihrer Tür stand Ralf mit diesem erwartungsvollen Glitzern in den Augen. Er freut sich auf mich, dachte sie, wie vielleicht schon hundertmal zuvor, und nahm die letzten beiden Treppenabsätze mit schnellerem Schritt.

*

Zwei Jahre sind wir erst zusammen, dachte Ralf, und pflegen schon Rituale, als wär's ein halbes Leben. Andreas Schlafzimmer lag immer in mildem Dämmerlicht, wenn sie sich trafen, immer waren die Läden geschlossen und ließen den Tag nur in Streifen herein. Und immer ging sie durch den Flur dorthin voraus und er folgte ihr wie ein Pan der begehrten Nymphe. Und sie hatten einander noch niemals ausgezogen. Auch heute standen sie, in wenigen Schritten Abstand, die Augen des anderen fest im Blick und zogen sich jeder selbst, voreinander, füreinander aus. Wie immer langsam. Ein Ritual. Und wie immer war Andrea als Erste unters Laken geschlüpft, und wie immer hatte er Herzklopfen. Das musste sie spüren, als sie ihren Kopf an seine Brust legte.

*

Und wie schon oft, zog sich Andrea auch diesmal nach der Liebe Ralfs Hemd über und streichelte sich gedankenverloren mit dem Ringfinger der linken Hand durch den rauen Flanell ihr Schlüsselbein.

Es versetzte ihm einen Stich, als Ralf zwischen all den Elefanten aus Stoff, Holz, Plastik und Stein, aus teuren Geschäften und Kaugummiautomaten, würdigen und albernen, rührenden und stolzen, winzigen und kürbisgroßen, den Flakon sah. Das Parfüm, das er ihr vor Monaten geschenkt hatte, und am Pegel dessen Inhalts er ablas, dass sie es benutzte. Er schämte sich.

In einem Ratgeber für den gelungenen Seitensprung hatte er das gelesen: Schenken Sie Ihrer Geliebten das Parfüm Ihrer Frau, denn ein veränderter Geruch ist verräterischer als verändertes Benehmen. Wenn Sie auf einmal anfangen, Designerunterwäsche zu tragen, kann Ihre Frau das immer für den eigenen guten Einfluss halten, aber wenn Sie nach Shamade riechen, anstatt nach L'Air du Temps, ist alles zu spät. Er schüttelte die Gedanken ab, denn ihm war eingefallen, dass er Andrea etwas mitgebracht hatte. Etwas, das nur für sie war. Ohne Hintergedanken.

Er beugte sich aus dem Bett, nahm seine Brille und zog das kleine Buch aus der Seitentasche seines Jacketts. Er musste, nachdem er die Brille auf der Nase hatte, die Schrift sehr nahe ans Gesicht halten, denn das wenige Licht im Raum ließ keinen größeren Abstand zu. »Hör mal«, sagte er, noch während er suchend blätterte, »ich hab hier was gelesen, das könnte dir gefallen.« Er hatte die Stelle gefunden und lehnte sich zurück. »Hier ... *Nun ist aber auch die Treue der Elefanten gerade ebenso legendär, wie das ihnen allenthalben nachgesagte Erinnerungsvermögen. Es wird berichtet von Elefantenbullen, die ihre tote Gefährtin noch ein letztes Mal begatten, gleichsam als verneigten sie sich solcherart vor der scheidenden Geliebten* ...« Er legte das Buch weg. »Wie findest du das? Ist das nicht wunderschön?«

Andrea stieß einen zufriedenen Seufzer aus und dehnte die hinterm Kopf verschränkten Arme: »Oder pervers.«

»Nicht pervers«, sagte Ralf mit beharrlicher Nachsicht. »Es ist treu.«

»Wenn du mir treu sein willst, dann bitte vor meinem Tod.«

Er legte seinen Kopf an ihre Schulter und verharrte

eine Weile so. Schweigend. Er genoss die Stille, wie er fast alles genoss, was er mit Andrea teilte.

»War das eine Anspielung?«, fiel ihm dann doch noch zu fragen ein.

»Auf was, deine Ehe? Deine Frau? Nein.« Andrea legte den Kopf in den Nacken und schien für einen Augenblick ihren eigenen Worten hinterherzulauschen. »Ich lebe genauso, wie ich leben will.«

»Ich weiß«, sagte Ralf nachdenklich.

»Du musst gehen. Celine kommt gleich.«

Ralf seufzte und wünschte sich, er könne noch tiefer ins Bett sinken, so ruhig, entspannt und leicht, wie er sich fühlte. »Ich würde sie gern kennen lernen.«

»Nein«, sagte Andrea bestimmt, »du bist mein Geheimnis.« Auch dieser Dialog war ein Ritual.

Sie stand auf, ging zum Fenster und gab einem der Läden einen leichten Schubs, sodass auf einmal Licht ins Zimmer strömte. Dann nahm sie eine Zeichnung von ihrer Kommode und legte sie auf Ralfs Brust.

»Schön«, sagte er. Das Blatt zeigte mit klarem aber zartem Strich einen Spielzeugeisenbahnwaggon, der verloren zwischen verstreuten Tannenzweigen lag. Ein traurig-poetisches Bild.

Er stand auf und machte sich bereit, wieder zurück ins helle, laute Leben zu treten. Andrea zog sich sein Hemd von den Schultern und gab es ihm.

*

Er war schon fast wieder vollständig angezogen, als Andrea im Morgenmantel ins Zimmer zurückkam. »Du wolltest mich doch was fragen.«

»Ja.« Er trat auf sie zu und legte ihr die Hände auf

die Schultern. »Kommst du mit mir nach Frankreich?«

»Ins Haus nebenan?«, sie lachte, »wie in dem Truffaut-Film?«

»Bitte«, sagte er eindringlich, »wir könnten uns oft sehen.«

Andrea dachte nach. Eigentlich wäre das schön. Sie hatte noch keine Pläne für die Ferien, wieso nicht an die Côte d'Azur? Aber so nah an seinem Leben und seiner Ehe war sie noch nie gewesen. Wollte sie das? Eigentlich nicht. Sie zögerte. »Vielleicht, wenn Celine für eine Woche mitkommt. Sie macht einen Sprachkurs in London, aber erst vom Vierzehnten an. Wir könnten schon, aber ich weiß nicht.« Sie wusste es tatsächlich nicht.

»Bitte komm«, sagte Ralf eindringlich. »Ich will nicht vier Wochen lang ohne dich sein.«

»Ich bin die Geliebte, Ralf. Du solltest froh sein, dass ich damit zufrieden bin.«

Er atmete tief ein und nahm seine Hände von ihrer Schulter, aber nicht den Blick von ihren Augen. »Ich will dich aber in diesem wunderbaren Provencelicht sehen. Einmal. Das wünsch ich mir schon lange.«

Sie lächelte. »Das ist ein Argument. Ich frag Celine.«

*

Es ist schon seltsam, dachte Ralf, als er die klein geschnittenen Zwiebeln vom Brett ins heiße Olivenöl strich, ich schäme mich, Andrea das Parfüm zu schenken, aber ich schäme mich nicht, Marie zu betrügen. Wieso nicht? Sind ihre Gefühle für mich unwichtig? Nein. Ich fürchte ihre Gefühle, jedenfalls das Aufbrausen, Anklagen und Stöhnen, mich rührt ihre seltene Verzagtheit und ärgert ihre bedenkenlose Wut. Ihre Gefühle, jedenfalls die negativen, sind abendfüllend, wer weiß, wie viele Stunden ich deren Erörterung geopfert habe. Er unterbrach sich. Ich sollte wenigstens beim Denken nicht sarkastisch sein, schlimm genug, wenn ich's beim Reden bin. Eine Pfefferschote war den Zwiebeln gefolgt, und er streute als Letztes eine Handvoll Petersilie in das duftende, rot-goldgelbe Gemisch. Wäre Ralf in der Lage, gleichzeitig zu denken und zu hören, dann hätte die Melodie, die er seit einigen Minuten leise, falsch und fröhlich vor sich hinpfiff, sein Bewusstsein erreicht: Everybody loves somebody sometimes.

Das Geräusch einer zu Boden fallenden Planrolle jedoch hörte er deutlich, obwohl es nahezu zeitgleich mit dem unangemessen fröhlichen »Sakrament« aus Maries Mund ertönte. Wie immer war ihr Auftritt geräuschvoll und unfallträchtig. Er brauchte gar nicht hinzusehen, um zu wissen, dass sie jetzt eben versuchte, gleichzeitig der Haustür einen Tritt zu geben, den einen Schuh schon auszuziehen, während sie auf dem anderen bedrohlich kippelte, die noch nicht heruntergefallenen Planrollen unterm Arm zu behalten und irgendwie zu verhindern, dass sie von der halbwegs von den Schultern gezogenen Jacke stranguliert wurde. Er kannte die Geräusche.

Er trocknete sich die Hände an einem Geschirrtuch und ging zur Tür. »Eines Tages brichst du dir den Hals beim Schuhausziehen«, sagte er kopfschüttelnd, »und die Leute lachen sich noch auf dem Friedhof krumm.«

»Vorher brech ich noch jemand anders den Hals«,

knurrte sie grinsend, denn jetzt sah sie sich selbst im Spiegel bei dem lächerlichen Versuch, drei Dinge gleichzeitig zu tun.

»Wem denn?«

»Polier. Wie immer.« Endlich ignorierte sie die zweite, inzwischen ebenfalls auf dem Boden gelandete Planrolle und feuerte die dritte in eine Ecke des Flurs.

»Ärger«, konstatierte Ralf ohne Anteilnahme. Er kannte das alles schon zu gut, um sich noch zu engagieren. Jetzt hatte sie den zweiten Schuh endlich vom Fuß.

»Als müsse man mich extra urlaubsreif schießen.«

Ralf bückte sich nach der Planrolle und legte sie auf die Kommode. »Kann ich dir was helfen?«

Sie wandte ihm mit ironischer Koketterie den Rücken zu, und er half ihr aus der Jacke. Dann ging er zurück in die Küche und ließ sich von dem Lärm, den sie weiter im Flur veranstaltete, nicht stören.

Das Erste, was sie tat, nachdem sie die Küche betreten hatte, war, die Gewürzgläser mit geübtem Griff so zu ordnen, dass alle Etiketten nach vorne sahen. In Sekundenschnelle. Dann kamen die Kaffeebecher dran, an denen sie mit der linken Hand entlang fuhr, sodass sie, alle mit den Henkeln im selben Winkel, laut klirrend und wie ein Trupp Soldaten vor seinem Offizier stramm standen. Für die Kartoffeln, die Ralf schon zum Schälen für den Abend bereitgelegt hatte, brauchte sie beide Hände. Dann betrachtete sie ihr Werk mit zufriedenem Blick, die Knollen lagen jetzt der Größe nach sortiert in Reih und Glied auf dem Brett, als hätte man sie ermahnt, von nun an keinen Unsinn mehr zu machen.

Als Nächstes würde sie sich prüfend umsehen, ob

noch etwas in Unordnung war, um dann sofort mit spitzem Finger die verlockendsten Stücke aus dem angerichteten Essen zu klauen. Ralf war darauf vorbereitet und haute ihr schneller auf die Hand, als sie das erste Radieschen stibitzen konnte. Marie machte sich nichts draus und nahm gleich zwei. Und redete wie aufgezogen: »Es gibt Leute, die glauben, ein Bauplan sei aus Gummi. Man kann hier ein bisschen ziehen und da ein bisschen stauchen und dort noch ein paar übrige Steine dranklatschen …«

»Heh«, sagte Ralf, als sie den Rührlöffel, den er noch brauchen würde, in die Spülmaschine zu räumen versuchte. Er hielt ihn fest, denn sie wollte ihn nicht loslassen, bis sie begriff, dass er daran zog. »Tschuldigung«, sagte sie und machte eine Geste gnädigen Überlassens dazu. Aber sie nutzte den Moment, in dem er abgelenkt war, um ein drittes Radieschen vom Salat zu klauben.

»Duschen«, sagte sie, begann, sich die Bluse aufzuknöpfen und ging zur Tür.

»Aber …«, rief Ralf ihr hinterher, und ihr Gesicht erschien wieder. Diesmal schräg im Türrahmen und mit bittend-entschuldigendem Ausdruck.

»Kannst du's nicht warm stellen? Ich hab noch gar keinen Hunger.« Und weg war sie.

»Nein«, sagte Ralf leise und gab ärgerlich der halboffenen Backofenklappe einen Tritt, »aber wegschmeißen.«

Man kann sogar sarkastisch an einem Knopf drehen, dachte er, als er das Kochfeld auf Null stellte und ließ resigniert die Hände sinken.

*

Er ist doch immer noch ein appetitlicher Mann, dachte Marie, als sie sich neben Ralf im Bett einrichtete. Sie saß aufrecht, strich die Decke über ihrem Schoß glatt, als müsse dort gleich ein Geschwader Engel landen. Und genau das wünschte sie sich. Ganz bestimmte Engel allerdings, die vielleicht nicht gerade aus dem christlichen Himmel geflogen kommen würden. Eher aus einem indischen. Tantra- oder Kamasutra-Engel.

Aber Ralf setzte, kaum war Marie neben ihm, die Brille ab, legte das Buch weg und löschte sein Licht. Dann wandte er sich ihr zu, allerdings nur für einen spitzlippigen Gutenachtkuss, nahm ihre rechte Hand mit seiner linken und drehte sich zum Schlafen wieder weg.

Er hatte ihre Hand wie einen Zipfel Decke über sich gezogen. Marie hing schief und bemühte sich, den Seufzer, den sie aus sich herausströmen spürte, nicht allzu laut werden zu lassen. Mit einer skurrilen Verrenkung löschte sie ihr eigenes Licht. Dann eben nicht. Schon wieder nicht.

*

Die blaue Stunde. Die Zeit, die Ralf am meisten liebte. Zwischen halb vier und fünf, wenn das Licht schon schräg durch die Schaufenster fiel und nur wenige Kunden sich in Ruhe umsahen, dann hatte er Zeit, die Leute zu beraten. Und die, die das wollten, richteten sich darauf ein, denn sie schätzten, wie er, die Atmosphäre des Ladens, wenn niemand von einem Bein aufs andere trat, weil er noch schnell vor Ende der Mittagspause seinen Bodo Schäfer oder Michael Crichton brauchte, oder sich, kurz bevor die U-Bahn ging, zwischen zwei Hera-Lind-Büchern entscheiden wollte. Das Verkaufen von Büchern verdiente dieselbe Ruhe wie das Lesen, fand Ralf, und freute sich jedes Mal, wenn diese Ruhe tatsächlich eingetreten war.

Nur eine Kundin war im Laden und ließ sich gerade von ihm die Unterschiede zwischen *Die Kinder der Konkubine* und *Töchter des Himmels* erklären, als die Klingel ging und er automatisch einen Blick zur Tür warf. Da stand Andrea.

Schnell wandte er sich wieder seiner Kundin zu, deren Augenmerk zum Glück auf eins der Bücher in seinen Händen gerichtet blieb, sodass sie sich keine Gedanken über das verräterische Strahlen in seinem Gesicht machen würde. Schneller als es die Höflichkeit und sein Berufsethos erlaubten, bediente er die Frau und beherrschte den Impuls, sie freundlich aber eilig aus dem Laden zu schubsen.

Erst nachdem die Tür zugefallen war, sah ihm Andrea ins Gesicht. Doch in dem Moment, da sie zu sprechen beginnen wollte, ertönte die Klingel schon wieder, und eine Studentin mit Leopardenhose betrat den Laden.

»Guten Tag, was kann ich für Sie tun?« Wie eine Muräne war Ralf auf die junge Frau losgeschossen, und sie wich erschrocken ein wenig zurück. »Die Dame war aber vor mir da«, sagte sie verwirrt und zeigte auf Andrea, deren aufmerksamen Blick sie als Vorwurf missdeutete.

»Lassen Sie nur«, Andrea lächelte, »ich stöbere noch rum.«

Die Studentin hatte sich gefasst und verlangte das Vorlesungsverzeichnis und zwei medizinische Fachbücher. Ralf bediente sie mit schlechtem Gewissen und einem winzig kleinen, nur für Andrea erkennbaren Grinsen um die Mundwinkel. Sein hektischer Überfall auf die arme Kundin amüsierte ihn.

»Einen Reiseführer, Provence, Côte d'Azur, Südfrankreich, hätte ich gern«, sagte Andrea mit breitem Lächeln, als sie wieder allein im Laden waren. Sie sah ihm direkt in die Augen, während er sie beherzt und schüchtern zugleich in eine dunklere Ecke zog.

»Du kommst?«

»Aber erst in sechs Tagen. Das Wohnmobil wird erst Donnerstag frei.«

»Dann treffen wir uns am Samstag, nein besser Sonntag früh. Auf dem Flohmarkt in Antibes.« Er dachte eine Sekunde nach, immer ängstlich den Blick auf die Tür gerichtet. »Falls du mich nicht finden solltest, warte im Café Flore. Das ist oben am Platz. Ich komm jede halbe Stunde vorbei und such dich.«

»Gut.«

Er wollte sie in die Arme nehmen, aber wieder ließ ihn die Klingel zurückzucken, und er beförderte die Hände aus der angefangenen Gebärde an den Kopf, als müsse er sich jetzt sofort, ganz dringend über beide Ohren streichen. Andrea hatte geistesgegenwärtig ein Buch aus dem Regal gezogen. »Das nehm ich, danke«, sagte sie laut, und sie spielten beide schon wieder das Buchhändler-und-Kundin-Spiel, dem Andrea nun schon bald einen halben Regalmeter ungelesener Bücher verdankte.

*

Vier Wochen keinen Laden, keine Kunden, keine Vertreter, dachte Ralf, als er abends die Alarmanlage einschaltete. Und nur die Bücher, die ich wirklich lesen will. Und der Garten, der Flohmarkt, die Nachtigall und Marie. Und diesmal sogar Andrea. Ein Mensch, dem meine Interessen nicht egal sind, dem ich nicht egal bin.

Bei diesem Gedanken hatte Ralf nicht das Gefühl, ungerecht zu sein. Natürlich liebte ihn Marie, er liebte sie ja auch, und auf irgendeine Weise war er ihr wohl auch nicht egal, aber davon spürte er schon lange nichts mehr. Keinen seiner Gedanken wollte sie teilen, kaum eines der Bücher, die er ihr empfahl, nahm sie jemals zur Hand; wenn es etwas zu reden gab, dann immer über ein von ihr angeschnittenes Thema. Sagte er irgendwas, dann gähnte sie oder überging es mit einer flapsigen Antwort. Interessant waren immer nur die Dinge, die sie bewegten. Ihre Architektur, ihre Aufträge, ihre Ausschreibungen, ihre kühnen Pläne, die Ästhetik nach ihren, Maries Regeln und die Menschen, die ihr über den Weg liefen. Seine Welt war ein ferner Ort für sie, halbdunkel und im Nebel ihres Desinteresses nur von vager Kontur. Sein Beruf war für sie eine mit gnädiger Herablassung geduldete Schrulle.

In Südfrankreich allerdings spürte er weniger von dieser Entfernung. Immer in den Ferien erinnerte ihn seine Frau an die Marie, in die er vor so vielen Jahren so heillos und ungestüm verliebt gewesen war. Wieso hatte er Andrea gebeten zu kommen? Ausgerechnet dorthin, wo seine Frau wieder seine Frau sein würde, und nicht eine immer zur falschen Zeit müde oder enervierend energiegeladene Fremde, die ihn anscheinend nur entweder zu überfordern oder ignorieren vermochte? Vielleicht, weil er sehen wollte, ob Andrea gegen Marie bestand? Nein, das war es nicht. Er wusste nicht, was es war. Er wusste nur, dass er sich wünschte, Marie nicht zu verlieren und Andrea nicht zu vermissen. So war es eben. Sie gehörten beide in sein Leben. Und Andrea war damit einverstanden. Ohne ihn je nach seiner Frau zu fragen. Ohne ihn je ganz für sich zu wollen. Andrea war wunderbar.

Er schloss den Laden ab und ging, ohne sich umzusehen. Er wusste, er würde ihn in vier Wochen genauso wiederfinden. So sauber, gepflegt, verschattet und elegant, denn die beiden Angestellten, denen er ihn anvertraute, liebten diesen Ort fast so sehr wie er. Und waren fast so gute Buchhändler.

✱

Vielleicht redet er mal wieder mehr als nur drei Worte, und wenn er sie nur brummt, dachte Marie, wenn wir vor dem Kamin sitzen, oder auf dem Balkon und die Nachtigall sich heiser singt. Hoffentlich ist die Nachtigall noch da. Wegen ihr haben wir das Haus gekauft, auf sie freuen wir uns jedes Mal von neuem. Der Traum von einem Leben außerhalb des Hamburger Trotts hat sich zwar nicht erfüllt, wir schaffen es beide nicht, unsere Berufe zu vernachlässigen, aber für eine Vorstellung von dem, was wir haben könnten, wenn wir uns darauf einließen, reichen die wenigen Wochen doch jedes Mal. Ich freue mich auf Ralf und mich. Ich freue mich darauf, dass er mich für

Bücher interessiert, die ich sonst nie lesen würde, dass er mir Essen kocht, mir strahlend vor Stolz irgendeine Beute vom Flohmarkt nach Hause bringt, mich wahrnimmt und Augen und Ohren für mich hat. In Hamburg ist Alltag, und Alltag ist Trott. Er ist müde oder weg, und alles, was ich ihm erzähle, hängt ihm zum Hals raus. In Frankreich hört er mir zu. In Frankreich ist er ein richtiger Ehemann. Und wir gehen nicht erst dann ins Bett, wenn wir schon todmüde sind. Dafür werde ich jedenfalls sorgen.

*

Was mach ich da nur, dachte Andrea. Das war keine gute Idee. So nah an seine Ehe will ich doch nicht kommen. Was ist, wenn ich ihn irgendwo Arm in Arm mit seiner Frau sehe? Was wird das für ein Gefühl sein? Ich bin eine Idiotin, mich darauf einzulassen. Aber Celine war gleich Feuer und Flamme, als ich ihr den Vorschlag machte, ich hätte mir vorher auf die Zunge beißen sollen. Jetzt ist es zu spät. Und ich will auch die Ruine wieder sehen. Könnte das der tiefere Grund sein, dass ich so schnell ja gesagt habe? Mein längst ausgeträumter Traum? Vielleicht träume ich ihn noch immer und weiß es nur nicht mehr? Ich werde es wissen, wenn ich in der Ruine stehe. Oder wenn ich sie aus allen Perspektiven gezeichnet habe.

*

Wie lang waren sie schon nicht mehr mit der Eisenbahn gefahren? Zehn Jahre? Zwölf? Marie hatte darauf bestanden, diesmal nicht zu fliegen. Ich will nicht in drei Stunden ankommen, ich will die Reise spüren, hatte sie gesagt. Den Flughafen von Nizza kenn ich in- und auswendig, den Bahnhof von Montélimar überhaupt nicht. Der Zug verlangsamte seine Fahrt und hielt in Lyon.

Das orangefarbene Licht des nächtlich verlassenen Bahnhofs und das blecherne Hallen der Stationsansage versetzten Marie in eine eigenartige Stimmung. Sie war aufgeregt. Das Schlagen der Räder mit seiner monotonen Magie hatte sie einerseits hypnotisiert und andererseits immer wacher gemacht, je tiefer sie in die Nacht hineingefahren waren. Jetzt war es Viertel vor zwölf, und der Schlafwagenschaffner klopfte höflich an die Tür, um den bestellten Champagner zu bringen.

»Merci«, sagte Marie und nahm Flasche und Gläser in Empfang. Von Ralf, der lesend auf seinem Bett lag, kam ein freundliches Brummen, das dem Schaffner gegolten haben mochte, aber vielleicht auch Ausdruck der Vorfreude auf den Veuve Cliquot war. Jetzt nahm er das Glas mit genießerischem Gesicht entgegen und legte sogar sein Buch dafür zur Seite. In Reichweite allerdings.

Marie nahm das Buch und legte es aufs obere Bett. »Liebe«, sagte sie mitten in Ralfs erstaunt fragendes Gesicht hinein und trank einen Schluck, ohne den Blick von ihm zu wenden.

»Hier? In dem engen Bett?«

»Nein«, sagte Marie, schüttelte nachdenklich den Kopf und stellte ihr Glas ab. »Nicht in dem engen Bett.« Sie begann, sich auszuziehen.

Als der Zug wieder angefahren war und immer schneller werdend seinen endgültigen Galopp suchte, fügte Ralf sich dem Rhythmus der Räder ein. Marie hatte das Gefühl, alles gleichzeitig zu spüren, Ralf, das Resopalfurnier des kleinen Ecktischchens, auf dem sie saß, das kalte Metall der Gepäckablage, an der sie sich festhielt und den harten, glatten Stoff der Jalousie in ihrem Rücken. Und jetzt, da sie mit einem Griff das Ding nach oben schnappen ließ, das Glas, nur Glas, klar und durchsichtig hinter ihr und die vielleicht unzähligen Blicke, die in genau diesem Moment zufällig auf genau dieses erleuchtete Fenster fallen mochten.

Ralf hielt erschrocken inne, als die Jalousie hochschnellte. »Was machst du da? Ganz Lyon kann dich sehen!«

»Nur halb Lyon«, war ihre atemlose Antwort, und sie setzte den Rhythmus der Räder in perfektem Gleichklang fort, bis sie, inzwischen durch eine ärmliche Vorstadt rasend, all diese Sinneseindrücke vergaß, weil der eine, übergroße, alles andere erfasste und mit sich riss.

*

Noch am Morgen, beim Umsteigen in Marseille, war Ralf ein bisschen verlegen. Aber Marie strahlte wie selten und sprühte vor Energie und Lebenslust. Sie ließ auf dem Weg durch den Bahnhof nicht eine Tasche fallen und stolperte nicht über ihre Füße.

*

»Das ist der schönste Ort auf der Welt«, sagte sie leise im Taxi, als sie auf das Dorf zufuhren, dessen blumenbewachsene Häuser und Gartenmauern sich über den Hang ergossen. Und als sie durch die Gassen kurvten, der Taxifahrer zentimetergenau an den Stufen der jahrhundertealten Treppen vorbei steuerte, fasste Marie nach Ralfs Hand und drückte sie. Und dann hielt der Wagen vor dem Tor.

Ralf stellte die Koffer in der dunklen Diele ab und Marie stieß, einen nach dem anderen, die Fensterläden auf, um das Licht und die Wärme des späten Vormittags hereinzulassen.

Er kam zu ihr herüber, als sie sich aus dem großen Fenster des Kaminzimmers lehnte und legte von hinten beide Arme um sie. »Schön, wieder zu Hause zu sein«, sagte er und nahm den Anblick des Gartens, der Terrasse, des Pools unter ihnen und der Berge gegenüber in sich auf.

»Ja«, sagte sie und lehnte sich nach hinten an seine Brust. »Warum sind wir nur so selten hier?«

Ralf antwortete nicht, denn ihm war klar, diese Frage stellte sie sich selbst. Obwohl auch er sich kaum vorstellen konnte, ohne seine Arbeit zu leben, wussten sie beide: Marie konnte das noch viel weniger.

*

Nachdem der kleine Peugeot vollgetankt war, der Garten ausführlich inspiziert, jeder Schrank gelüftet und eingeräumt, jedes Bett frisch bezogen und der Kühlschrank wieder gefüllt, der Pool von Blättern freigefischt und in der Küche alles, Gewürze, Tassen, Gläser, in akkurater Reihe stand, hatte Ralf mit dem Kochen angefangen und Marie sich in den Pool gestürzt.

Jetzt warf die Abendsonne ihre schrägen Strahlen durch die Zypressen, und ein Teil des Gartens lag schon im Schatten der imposanten Villa. Ralf erschien oben an der Balkonbrüstung und rief: »Abendessen!«

Marie erwachte fröstelnd aus ihrem Halbschlaf im Liegestuhl, legte sich einen Bademantel um die Schultern und ging ins Haus.

So hab ich's mir erträumt, dachte sie beim Anblick des gedeckten Tisches und stopfte sich, bevor sie noch saß, ein Salatblatt in den Mund. »Dieser Riesenstrauch hat mein Orangenbäumchen erwürgt. Es ist eingegangen«, sagte sie, als Ralf das Gratin auf den Tisch stellte.

»Ich mach ihn raus, dann pflanzen wir ein neues.«

»Du bist ein guter Mann.«

Sie hätte schnurren können, so wohl fühlte sich Marie in diesem Augenblick, da alles, aber auch alles so war, wie sie es sich wünschte. »Mmh«, sagte sie, »es schmeckt wunderbar. Morgen koch ich auch mal.«

»Das glaubst du doch selbst nicht.« Ralf grinste und nahm sich Salat.

»Stimmt. Aber übermorgen.«

Obwohl sie schon einen Berg Salat auf dem Teller hatte, klaute sie noch ein Blatt extra aus der Schüssel. Es schmeckte einfach besser. »Vielleicht.«

*

Und wirklich sang die Nachtigall nach Einbruch der Dunkelheit, als wolle sie die Ankunft der beiden feiern. Vom Knistern des Kaminfeuers untermalt pries Ralf ein Buch an. Eben war ein anderes, dessen Inhalt er ihr nicht so recht hatte schmackhaft machen können, auf den Stapel zurückgewandert. »Wir haben hier einen nicht mehr ganz jungen Mann«, fing er bedächtig an, »der versucht, das Erwachsenwerden so lange rauszuschieben, bis es unvermeidlich ist. Seine Freundin, eine Rechtsanwältin, ist davon nicht ausschließlich begeistert, aber erst als sie ihn verlässt und etwas mit dem Nachbarn anfängt, einem Sexprotz wie er im Buche steht, dämmert es dem Helden, dass er selbst vielleicht auch das eine oder andere in seinem Leben und an seinem Weltbild ändern könnte. Und tatsächlich, nach und nach ...«

»Gekauft«, unterbrach Marie ihn lachend, »ich les es.«

Ralf warf das Buch, das er die ganze Zeit über hochgehalten hatte, mit einem lässigen Schwung auf das Sofa neben Marie. Dort lagen schon zwei andere, die sie akzeptiert hatte. Er nahm ein neues in die Hand und drehte es so, dass er den Klappentext lesen konnte.

Marie stand auf und streckte sich. »Ich bin müde«, sagte sie und ging zur Tür, ohne eins der Bücher vom Sofa zu nehmen.

Ralf gab sich Mühe, den kleinen Schluckauf der Enttäuschung nicht zu zeigen. Gerade war es schön, dachte er, wieso bricht sie immer ab, wenn es mal schön ist. Er lehnte sich zurück und griff nach dem Nice Matin. »Ich les noch«, murmelte er und schlug die Zeitung an irgendeiner Stelle auf.

Marie blieb nur einen Sekundenbruchteil länger als üblich im Türrahmen stehen, bevor sie sagte: »Gute Nacht.« Und die Tür offen ließ, denn sie wollte hinten im Schlafzimmer das Prasseln des Kaminfeuers und die Nachtigall hören. Wenigstens das.

*

Perfektes Reisewetter, dachte Andrea, als sie die Hecktür des Wohnmobils schloss und die Straßenkarte nach vorne auf den Beifahrersitz legte. Zwei Tage Fahrt lagen vor ihr, und sie hatte richtig Lust darauf. Sie würden irgendwo im Elsass oder Burgund übernachten, in der Nähe eines Cafés oder einer Bäckerei, und sie freute sich schon jetzt darauf, barfuß die Croissants zu holen.

Celine kam aus dem Haus und schleppte sich mit dem riesigen Koffer ab, den Andrea ihr nicht hatte ausreden können. »Man darf einer Dame nicht in die Garderobe reinquatschen«, sagte sie jetzt, als sie das leichte Kopfschütteln ihrer Mutter registrierte, und wuchtete den Koffer durch die Seitentür ins Auto. »Los geht's.«

»Wo siehst du eine Dame?« konnte Andrea sich nicht verkneifen, aber dann stieg sie ohne weitere Bemerkungen in den Wagen.

Noch bevor Celine sich angeschnallt hatte, lag die Straßenkarte schon aufgeschlagen auf ihren Knien, und als Andrea den Motor anließ, sprudelte ihre Tochter bereits den ersten Streckenvorschlag heraus: »Wir könnten doch zum Bodensee und dann durch die Schweiz am Ufer entlang fahren, was meinst du?«

»Warum nicht gleich durch Italien?«

»Ja, ja, schon gut. War nur'n Vorschlag.«

»Ich will schon noch *diese* Woche ankommen«, sagte Andrea und legte den ersten Gang ein. Es machte Spaß, mit diesem Ungetüm von Auto durch die Stadt zu kurven.

*

Sie muss eben immer das letzte Wort haben, dachte Celine, aber was soll's, ich lass es ihr. Ist sie glücklich und meckert nicht an sonst was rum. Obwohl, sie meckert eher wenig. Ich hab es ziemlich gut mit ihr. Sie streifte die Slipper von den Füßen, zog die Beine an und stemmte die Fersen ans Handschuhfach. So lässt sich's reisen, dachte sie, bis nach Frankreich. Den Walkman setz ich mir aber lieber erst in den Kasseler Bergen auf, bis dahin wird Mama nicht mehr reden wollen. Zum Glück braucht sie das genau wie ich, manchmal eine Weile zu schweigen.

»Du hast schon drei oder vier Tage nichts mehr von Sven erzählt«, fing Andrea prompt an, »ist er abgesagt?«

»Ja«, sagte Celine lächelnd, »war'n Strohfeuer.«

»Und? Schon das nächste in Sicht?«

»Nein. Erst mal Frankreich in Sicht und dann England. Wer weiß, vielleicht genieß ich meine Freiheit.«

*

Klang das trotzig? War Celine traurig? Vielleicht hatte dieser gelackte Sven sie verletzt? Andrea war sich nicht sicher. In letzter Zeit konnte sie den Tonfall ihrer Tochter nicht mehr so selbstverständlich interpretieren, wie noch vor einem halben Jahr. Sie wird erwachsen, dachte Andrea, und ich werde alt. »Sei lieber nicht so arg frei«, sagte sie, »die Welt ist voller blöder Kerle.«

Celine grinste: »Nicht nur, Mama. Gibt auch nette.«

*

Kleine Windstöße blätterten immer wieder die Seiten der »Zeit« um. Ralf hatte schon versucht, eine Ecke mit einem Handtuchzipfel, die andere mit seinem Ellbogen, die dritte mit Maries Sonnenöl und die vierte mit der Hand zu fixieren, aber der Wind gewann das Scharmützel. Ralf schlug die Zeitung zu und nahm ein Buch zur Hand.

Dieser kleine Strand in der Nähe von Cap d'Antibes war zwar nicht gerade ein Geheimtipp, aber zum Glück auch nicht allzu gut besucht, weil er abgelegen und von keiner Straße aus zu sehen war. Marie liebte diesen Platz, und Ralf begleitete sie hin und wieder, obwohl er kein begeisterter Schwimmer und erst recht kein Freund von Sand in Haaren, Schuhen und Kleidung war. Aber er konnte auch hier lesen, und er mochte die Geräusche. Das Glucksen der Wellen, das Brummen entfernter Motorboote, das Quietschen und Gelächter spielender Kinder und die regelmäßigen Rufe der kleinen Verkäuferin, die barfuß den Strand abschritt, um Gebäck, Nüsse und Limonade anzubieten. »Schouschou« rief sie immer wieder. Ralf hatte bis heute nicht herausgefunden, was das bedeutete.

Marie war schon seit einer halben Stunde im Wasser. Alle paar Minuten sah Ralf hinaus, um sich zu vergewissern, dass sie noch da war und in kräftigen Zügen vom einen Ende der Bucht zum andern schwamm. Jetzt sah er sie herauskommen und die Haare schütteln.

Bevor sie sich abtrocknete, musste sie ihn natürlich anspritzen. Sie schlenkerte die nassen Hände über seinem Bauch und wrang sich extra noch Wasser aus den Haaren. Er brummte ärgerlich. Ihr zuliebe. Ohne Knurren von ihm würde ihr das Ganze keinen Spaß machen.

Seine Reaktion darauf, dass sie, ohne sich ein Handtuch umzulegen, einfach ihren nassen Badeanzug auszog und für jedermann sichtbar nackt nach dem trockenen griff, frei vom geringsten Anflug von Scham oder Eile, war allerdings nicht gespielt. »Mensch, Marie, die sehen dich doch alle. Genierst du dich nicht wenigstens ein bisschen?«

»Ist das hier der Vatikan?«, sagte sie lächelnd und wedelte mit dem Handtuchzipfel. »Seit wann bist du so prüde?«

»Das hat was Exhibitionistisches bei dir, glaub ich langsam.«

»Das fällt dir erst jetzt auf? Nach neun Jahren Ehe?«

Ralf winkte resigniert ab. Dass sie immer das letzte Wort hatte, war er schon gewohnt. Er stand auf, legte ihr fürsorglich aber streng das große Badetuch um die Schultern und ging voraus zum Café, denn er wusste, sie würde gleich nachkommen und einen Cappuccino wollen. »Bis gleich«, sagte er, »in angemessener Kleidung.«

Marie grinste breit und ließ das Handtuch in den Sand gleiten.

*

Celine schlief schon seit einer Stunde. Sie hatten Chalon-sur-Saône hinter sich, und Andrea fühlte sich schläfrig und wach zugleich. Die ewig gleichen Lichter der entgegenkommenden Autos, die leere Autobahn und das gleichmäßige Brummen des Fiatmotors gaben ihr das Gefühl, auf Schienen zu fahren und alles, was dazu notwendig war, mal blinken, mal am Lenkrad drehen, mal in den Rückspiegel sehen, ohne Aufmerksamkeit bewerkstelligen zu können. Vielleicht sollte sie einen Kaffee trinken und durchfahren? In fünf Stunden konnten sie dort sein. Den Sonnenaufgang im Var erleben und die erstbeste Boulangerie in Antibes stürmen. Mal sehen. Sie fuhr an der nächsten Tankstelle raus.

Nachdem sie vollgetankt und die Frontscheibe gewaschen hatte, wollte sie Celine nicht wecken, aber auch nicht einfach allein lassen, deshalb ging sie nicht in die hell erleuchtete Bar. Gab es eben keinen Kaffee. Sie würde einfach weiterfahren, bis sie müde wäre und dann irgendeinen Parkplatz für einen kurzen Schlaf ansteuern.

Aber zuerst, nachdem sie eingestiegen war und die Tür so leise wie möglich geschlossen hatte, nahm sie den Zeichenblock aus der Tasche, denn sie wollte unbedingt Celines im Schlaf wieder kindliches Gesicht festhalten. Mit wenigen Strichen skizzierte sie Augen und Nase, eine Haarsträhne, die quer über den Mund fiel, dann die Umrisse, Schatten zwischen Kinn und Mund, dann Augenbrauen und dann, neben dem Gesicht, noch eine schnelle Studie der Hand, die, als hätte Celine sich beim Einschlafen selber festhalten wollen, vom Oberarm zum Ellbogen heruntergerutscht war.

Sie legte den Zeichenblock nach hinten und startete den Wagen. Das ging leider nicht leise, aber Celine drehte nur den Kopf ein wenig zur Seite und schlief weiter. Andrea scherte auf die Autobahn ein und schaltete die Gänge hoch. Bilder und Gedanken gingen ihr durch den Kopf, aber bevor sie sich auf etwas konzentrieren konnte, war es auch schon wieder verflogen. Durch das nächste Bild, den nächsten Gedanken abgelöst. Alles floss vorbei, schemenhaft und vage wie der Grünstreifen und die Büsche und Bäume am Straßenrand.

*

Jetzt, am späten Nachmittag, war es still im Garten, so still, dass man glauben konnte, das schräge Licht der Sonne müsse in den Zweigen, Blumen und Gräsern rascheln. Die Nachtigall, die manchmal auch am Tag sang, schwieg, und die Amseln, Finken und Spatzen waren irgendwo unterwegs, das Wasser im Pool lag eben und glatt wie Glas, und auf der nahen Straße fuhr kein einziges Auto.

Marie lehnte an der Balkonbrüstung und beobachtete Ralf, der sich, auf der Terrassenmauer stehend, mit dem Strunk des Holunders abmühte. Er zerrte ergebnislos daran herum, der nur zum Teil freigegrabene Strunk widerstand. Schweiß glänzte auf Ralfs nacktem Oberkörper, und das Knarren der Wurzeln war mit seinem Keuchen und Ächzen das einzige deutlich hörbare Geräusch. Er sah zu ihr hoch.

»Lach nicht«, sagte er atemlos und suchte für seine Füße einen besseren Stand.

Marie winkte: »Nein, du hältst dich wacker. Respekt.«

Ralf startete einen neuen Versuch, nachdem er mit ausholender Gebärde grüßend die Hand an die Hutkrempe gelegt hatte. »Ich zeig's ihm.«

Er zog und zerrte, und der Strunk schien endlich nachzugeben. Ralf stellte, um bessere Hebelwirkung bemüht, den rechten Fuß weiter nach hinten, und auf einmal bewegte sich das ganze Bild: Ralf war abgerutscht und stürzte mit einem eher verärgert und erstaunt als erschrocken klingenden Schrei krachend auf die tiefere Terrasse. Dann war Stille.

»Ralf!«, schrie Marie und raste los.

Fast wäre sie selber gestürzt, so schnell jagte sie die schmalen Stufen hinunter. Sie hörte sich selber rufen »Ich komme! Bleib liegen!« und spürte ihr Herz bis zum Unterkiefer schlagen.

Wie ohnmächtig lag er vor der Mauer, aber seine Augen waren offen und sahen in einer Mischung aus Ärger und Ergebenheit zum Himmel.

Marie kniete sich neben ihn. »Kannst du aufstehen?«

Er versuchte es, aber ein Zucken ging durch seinen Körper, und der Ausdruck in seinem Gesicht wechselte von Unmut über die dumme Panne zu der Leere, die mit großem Schmerz einhergeht. »Nein«, brachte er heraus, und seine Stimme klang klein und gepresst.

»Bleib liegen«, sagte Marie hastig und stand auf. »Rühr dich nicht, ich bin in einer Sekunde wieder da.«

Es schien ihr, als rase sie doppelt so schnell wie sie heruntergekommen war die Stufen wieder hinauf und ins Haus und zum Telefon. Zum Glück stand die Nummer des Notarztwagens neben denen von Polizei und Feuerwehr auf dem Apparat.

Der Krankenwagen war ganz in der Nähe stationiert und nach wenigen Minuten da. Vorsichtig wurde Ralf nach einer kurzen Untersuchung und nachdem Marie in wenigen Worten den Sturz beschrieben hatte, von Arzt und Fahrer auf die Trage gelegt, und Marie konnte nichts tun, als den beiden Männern zu folgen, die mit ihrer Last so schonend umgingen, wie es die gebotene Eile erlaubte. Und die Tränen hinter ihren Lidern zurückzuhalten.

*

Neunundsiebzigmal war sie den kurzen Gang vor der Notaufnahme auf und ab gegangen, hatte das Quietschen ihrer Sohlen auf dem nur noch hier und da glänzenden Gummiboden mit dem Schlagen ihres Herzens im Hals und den schreienden Gedanken in ihrem Innern synchronisiert, bis endlich der Arzt durch die Doppeltür trat und ihr mit lächelndem Gesicht eröffnete: »C'est pas grave.«

*

Andrea war doch nicht durchgefahren. Irgendwo hinter Aix-en-Provence hatte sie einen Parkplatz angesteuert und sich nach hinten auf eins der Betten gelegt. Sie wusste nicht einmal, wo genau sie war, erin-nerte sich nur, das Schild »Bienvenue dans les Autoroutes du Sud« gelesen zu haben, und jetzt, beim Aufwachen, nahm sie als Erstes das fette Rauschen der stetig vorbeirasenden Lastzüge wahr.

Celine hatte es sich im Bikini auf einem Klappstuhl bequem gemacht und war trotz des Autobahnlärms über ihrem Buch wieder eingedöst, als Andrea verschlafen die Tür öffnete.

»Hast du schon gefrühstückt?«, fragte sie gähnend und wusste im selben Moment, dass das eine dumme

Frage war. Was denn auch. Woher denn. Hier gab es nichts zu kaufen.

»Luft«, sagte Celine und stand auf. »Aber jetzt hab ich echt Hunger.«

*

Der Campingplatz war ihr von einem Kollegenehepaar empfohlen worden. Vergiss alles, was du über Campingplätze denkst, hatten sie gesagt, dieser ist nicht spießig und hat nichts von einem Lager an sich. Sie hatten Recht. Unter einem Pinienwald waren Zelte und Wohnmobile weitläufig verteilt, alle hatten ihren Schatten und Freiraum, es gab keine Wege und keinen Kommerz. Kein Restaurant, keine Bude und nirgends ein Schild. Die Sanitäreinrichtungen waren im Wohnhaus des Besitzers, eines Malers, der sich so seinen Lebensunterhalt verdiente, und der Strand grenzte direkt an den Wald. Es war ein wunderschöner Ort.

Andrea hatte ohne Celines Hilfe das Zeltvordach montiert und war stolz auf sich. Der Liegestuhl allerdings, in den sie sich jetzt zur Belohnung legen wollte, streikte. Schon zweimal hatte sie sich, zuerst beherzt, dann verzagt hineingesetzt, und beide Male war er prompt unter ihr zusammengeklappt und hatte sie in einer lächerlichen Haltung gefangen, aus der sie sich ächzend und über die eigene Ungeschicklichkeit lachend befreien musste. Diesmal wollte sie schlauer sein und warf, nachdem der Stuhl wieder so einladend vor ihr stand, eine Melone in den Stoff der Sitzfläche. Er klappte nicht zu. Sie nahm die Melone noch einmal heraus und warf sie mit größerer Wucht, sodass sie vielleicht noch eher das Gewicht eines menschlichen Körpers repräsentieren würde. Er klappte wieder zusammen.

Hinter ihrem Rücken hörte sie einen Pfiff und hätte sich am liebsten geohrfeigt dafür, dass sie sich instinktiv umdrehte. Da standen zwei junge Männer und überboten sich gegenseitig in schnöselhaftem Grinsen über die ungeschickte Frau.

Andrea machte eine herablassende Gebärde und wollte sich wieder umdrehen, da sah sie, dass etwas hinter ihrem Rücken das Interesse der beiden hervorgerufen hatte. Der eine stieß den anderen in die Seite und zeigte zum Strand. Es war Celine, schlank und nass, die herankam und sich schüttelte wie ein junger Hund.

»Mama«, sagte Celine und stellte den Liegestuhl mit zwei Handgriffen auf, »du bist doch sonst so praktisch.«

»Das kommt dir nur so vor, weil du selber noch schusseliger bist.«

Triumphierend setzte Celine sich zur Demonstration in den Liegestuhl, der jetzt natürlich nicht mehr zusammenklappte. »Aber *den* hab *ich* geschafft.«

»Danke«, sagte Andrea und warf einen schnellen Blick auf die Schnösel, die immer noch breit und unsympathisch an den Kuhfänger ihres Geländewagens gelehnt standen und herglotzten.

»Machen dich die Jungs nervös?« Celine schaute nicht hinüber.

Andrea antwortete nur mit einem angeekelten Gesichtsausdruck und einem so minimalen Schulterzucken, dass der Kaffee aus der kleinen Metallkanne in ihrer Hand nicht verschüttet wurde. Sie schenkte ein und verbrannte sich die Finger.

»Ich hab übrigens eine Überraschung für dich«, sagte Andrea nach einer Weile, »ich will dir was zeigen.«

»Hier?«

»Ganz in der Nähe. Ich zeig's dir morgen. Es könnte dir gefallen.«

»Ja, dann sag's doch.«

»Nein.« Andrea lächelte. »Morgen.« Sie stand auf und stellte das Kaffeegeschirr in eine kleine Plastikwanne, um es gleich im Haus zu spülen.

Celine blinzelte versonnen auf das gleißende Meer hinaus und verschränkte die Arme hinter ihrem Kopf. Es tut gut, so ein zufriedenes Kind zu haben, dachte Andrea, fehlt eigentlich nur noch, dass sie schnurrt oder glückliche kleine Seufzer von sich gibt. Gut, dass wir hergekommen sind.

»Ich freu mich, dass du da bist«, sagte sie und legte ihre Arme von hinten um Celine.

»Das ist superschön hier.« Celine reckte den Hals, um ihre Mutter kurz und kindlich auf die Wange zu küssen. Jetzt hätte Andrea Lust gehabt, zu schnurren.

*

Marie setzte sich neben Ralfs Bett und wartete geduldig darauf, dass er aus der Narkose erwachen würde, die man ihm verabreicht hatte, um die Strapazen der Untersuchungen zu mildern. Ein angeknackster Rückenwirbel, hatte der Arzt ihr erklärt, und eine allenfalls geringe Gefahr, dass die daran anliegende Bandscheibe in Mitleidenschaft gezogen worden sei. Ralfs

Oberkörper war vollständig eingegipst worden. Von den Schultern bis zur Hüfte lag ein Panzer um ihn, der ihn aussehen ließ wie den Hellebardenträger einer provinziellen Klassikeraufführung. Oder wie einen Käfer.

Das Brummen, das jetzt, da er die Augen aufschlug und nichts erkannte, aus seiner Kehle kam, hätte zu beiden gepasst.

»Hallo«, sagte Marie leise. »Du lebst noch.«

»Da bin ich aber froh.«

Ralf versuchte sich aufzusetzen und merkte, dass er fast vollständig bewegungsunfähig war. Er schielte entgeistert an sich herab, so gut es ging. Sehr viel konnte er nicht sehen, da auch sein Hals eingegipst war und er den Kopf nur um Millimeter senken konnte. »Bist du sicher?«

»Siehst aus wie ein Käfer«, sagte Marie.

»So fühl ich mich auch.«

»Du musst zwei Wochen liegen. Vielleicht drei. Der Gips kann frühestens in zehn bis zwölf Tagen ab, sagt der Arzt. Zum Glück ist nichts Schlimmes passiert, nur ein Rückenwirbel angebrochen.«

»Nichts Schlimmes, hä«, brummte Ralf, und Marie sah an seinen Augen, dass er um Beherrschung rang. Sie schwieg und ließ ihm Zeit, sich mit den tristen Aussichten zu arrangieren. Sie selbst hätte schreien können vor Erleichterung, denn ihr war die ganze Zeit bis der Arzt auf den Flur getreten war, ein gelähmter Ralf vor Augen gestanden. Ein Leben lang gelähmt.

»Du wirst verhungern«, sagte er schließlich.

»Ich mach eine Fastenkur.«

»Scheiße, ich muss doch morgen ...«, er unterbrach, um sich zu korrigieren, »... ich will doch morgen früh nach Antibes.«

»Zu deinem geliebten Flohmarkt?«

»Ja«, sagte er kläglich.

Marie stand auf und strich ihm über die gipsgepanzerte Brust. »Ich hol dir jetzt mal deine Bücher.«

Von der Tür aus wandte sie sich noch einmal um und sah, dass seine Augen ihr folgten. »Bis gleich, mein armer Käfer«, sagte sie. Er brummte. Und sie hätte den Inhalt des Brummens in präzise Worte fassen können. Dieses Brummen sagte: Du sollst mich doch nicht bemitleiden. Das darf ich nur selber. Und du sollst mir keine Kosenamen geben, gegen die ich mich nicht wehren kann. Aber diese Regeln galten nicht für sie, sooft er auch darauf pochen mochte. Ich bin zärtlich auf meine Art, dachte Marie, als sie die Schwingtür der Station aufstieß, und du auf deine. Ich nenne dich Käfer, wenn du hilflos daliegst, und du brummst dein ermutigendes Das-schaff-ich-schon-Brummen, wenn du fürchtest, ich könnte verzagen.

*

Die Allee führte in sanften Kurven vom Campingplatz zur Stadt. Celine hatte nach kurzer Zeit aufgehört, die Bäume zu zählen, weil sie entdeckte, dass es ökonomischer war, sich die Anzahl der Kurven zu merken. Es mochten ihrer Schätzung nach etwa sechzehn sein. Vielleicht achtzehn, mehr bestimmt nicht. Sie bog um die siebte und sah die beiden Jungs, die sich vorhin so dämlich glotzend in der Landschaft breitgemacht hatten, auf sich zukommen.

»Halloho«, rief der eine, der seine Sonnenbrille ins

Haar geschoben hatte, als wäre sein spießiges Lacoste-Hemdchen nicht schon peinlich genug, und machte einen albern ironischen Diener vor ihr.

Celine sah die beiden ungerührt an und beeilte sich, an ihnen vorbeizukommen. Der zweite schien nicht ganz so eklig zu sein, immerhin glotzte er ihr nicht so widerlich selbstsicher in die Augen, aber er sah den Größeren bewundernd an. Sie wichen links und rechts aus, so dass Celine zwischen ihnen durchgehen musste. Dann drehten sie sich um und gingen einige Schritte neben ihr her. Hatten die auf sie gewartet?

»Mademoiselle, vous êtes très jolie«, sagte der Größere, »n'est ce pas?«

»Was ist das hier? Ein Sprachkurs?«

»Heh, die kann ja richtig reden«, sagte der Typ in klebrigem Ton, »das ist ja toll. Ist das nicht toll?«

»Toll«, echote der Kleinere. Er war offenbar der Knecht, der seinem Herrn die Worte von den Lippen leckt.

Celine ging schneller. Das war ja unterste Schublade. Das war ja noch nicht mal mehr Anmache, das war ja schon – sie wusste nicht was, aber es war eklig. Jetzt fasste der Große sie auch noch an. Er zupfte an ihrem T-Shirt herum und ließ seinen Finger über ihre Schulter krabbeln.

Celine schüttelte ihn wütend ab. »Spinnst du? Lass das!«

»Ähm, ja also …«, jetzt tat er auch noch künstlich verlegen, »… wir wollten dich nämlich was fragen«, sagte er, »ob du vielleicht aller coucher mit uns willst. Faire l'amour. Das macht man hier so in Frankreich. Ist echt so üblich.«

»M-hm«, sagte der Kleine. Mann, was waren das für Luschen.

»Wirklich wahr.« Wieder der Große. »Das macht man hier den ganzen Tag.«

»Haut ab!« schrie Celine, »nervt jemand anders.«

Der Große hatte schon wieder seine Finger an ihrer Schulter. Jetzt fummelte er auch noch vorn in Richtung Schlüsselbein an ihr herum und sagte mit einem Gesicht, als entdeckte er eben Amerika: »Sie hat nicht mal einen BH an.«

Der andere: »Ouuh, was hat sie denn sonst noch alles nicht an? Willst du nachsehen, oder soll ich?«

Celine bekam Angst. »Verpisst euch!«, schrie sie verzweifelt, aber das zeigte keine Wirkung. Als der Große ihr tatsächlich an die Brust fasste, schlug sie ihn mit voller Wucht ins Gesicht. Da war schon der andere hinter ihr und wollte sie festhalten. Sie spürte seine schweißigen Hände auf ihren Oberarmen. Sie schüttelte ihn ab, trat ihn kräftig ans Schienbein und sah eben noch, wie der Große verdutzt sein Gesicht rieb, da quietschten direkt neben ihr die Reifen eines bremsenden Autos. Die Beifahrertür wurde aufgestoßen, Celine stieg, ohne nachzudenken ein, und das Auto fuhr los.

»Merci«, sagte Celine mit einem Seitenblick auf die Dame am Steuer, die jetzt den Gang tiefer einlegte und mit laut aufheulendem Motor davonschoss.

»De rien«, sagte die, »où je peux vous conduire?«

»Ahm«, Celine klaubte ihr Französisch zusammen, »dans le Campingplatz.« Es war nicht besonders viel.

»Sind Sie Deutsche?«, fragte die Dame denn auch prompt, und Celine antwortete erleichtert: »Ja.«

In einem schwungvollen Brems- und Wendemanöver zog die Dame den kleinen Peugeot zuerst nach rechts auf ein steiniges Stück Straßenrand, dann nach links und zurück auf die beiden Ekel zu. Sie gab wieder Gas, und Celine stieg der Wunsch, diese beiden Kerle zu überfahren, wie Brechreiz vom Magen in die Kehle.

»Das war toll, danke.«

Die Dame hob eine Hand mit selbstironisch heldenhafter Gebärde und sagte: »Keine Ursache.«

Sie hatten die beiden fast eingeholt.

»Könnten Sie die nicht einfach überfahren?«, fragte Celine, und sie spürte noch in der Kehle, dass es nur halb im Scherz war.

»Das geht schlecht.«

Die Dame machte einen kleinen Bogen um die beiden. Dabei senkte sie den Kopf ein wenig, um die Gesichter zu erkennen. »Den einen kenn ich«, sagte sie erstaunt, »das sind ja noch Kinder. Die Eltern waren mal Nachbarn von uns.«

Der Große war ein Stückchen neben dem überholenden Wagen hergerannt, hatte versucht aufs Dach zu klopfen, aber der Wagen war schneller, und er vollführte seine verächtlich gemeinte, aber lächerlich misslungene Gebärde mit künstlicher Gelassenheit ins Leere. Er wurde langsamer, rannte noch ein paar sinnlose Schritte, um dann stehen zu bleiben und auf seinen Freund zu warten, nach dem er sich beifallheischend umsah.

»Eklige Scheißkerle«, sagte Celine und drehte sich wieder nach vorn.

*

Andrea, die sich ihre vom Schwimmen nassen Haare mit einem Handtuch trockenrieb, sah erstaunt auf, als der fremde Wagen so dicht heranfuhr und Celine ausstieg. Dann erschien eine fremde Frau an der Fahrerseite und legte die Hände aufs Dach.

Celine schlug die Tür zu. »Mama, die Dame hat mich gerettet.«

Andrea nickte der Frau zu und legte das Handtuch beiseite. »Gerettet? Wovor denn? Was war denn?«

»So eine Art Vergewaltigung, glaub ich«, sagte Celine, und Andrea erschrak. »Was?«

»Es hätte wohl sowas werden sollen, aber …«

»Hier? Auf dem Campingplatz? Wer?«

»Nein, auf der Straße. Nicht so schlimm. Zwei Arschlöcher, die mich nicht in Ruhe lassen wollten, aber sie …«, Celine deutete auf die Frau, »… hat mich ins Auto gepackt und hergebracht.«

Die Frau winkte, nickte lächelnd und wollte wieder einsteigen, als Andrea einem Impuls folgend sagte: »Bleiben Sie doch.«

»Gern«, sagte die Frau, »ich hab sowieso Langeweile.« Sie schlug die Wagentür zu, öffnete sie dann aber gleich wieder und holte ein Päckchen vom Rücksitz. »Und Kuchen. Haben Sie Lust auf Kuchen?«

Celine kam mit einem vom Haus geborgten Stuhl heran, als Andrea sich an der Kaffeekanne die Finger verbrannte und einen kleinen Schrei ausstieß. »Jedes Mal«, zischte sie.

»Das liegt nicht an Ihnen«, sagte die Frau, »diese Dinger sind dazu gebaut, dass man sich wehtut.«

»Stimmt«, Andrea setzte sich, »aber der Kaffee schmeckt gut.«

»Stimmt.«

Andrea unterdrückte den Impuls, Celine auf die Finger zu klopfen, als die sich mit kindlicher Hast über den Kuchen hermachte. »Woher aus Deutschland kommen Sie?«

»Aus Hamburg.«

»Wir auch.« Celine sprach schon mit vollem Mund. »Eimsbüttel.«

»Wir aus Uhlenhorst.« Die Frau lächelte und nahm sich selber ein Stück Kuchen. »Mein Mann und ich sind jedes Jahr hier. Wir haben ein Haus im Dorf und kommen her, sooft es geht. Ich glaube bald, ich gehöre eher hierher als nach Hamburg.«

Andrea vergoss Kaffee beim Einschenken, stellte resigniert die Kanne ab und sagte lachend: »Schenken Sie ein? Vielleicht kann ich Ihnen mal einen Reifen wechseln oder sowas. Das hier kann ich nicht.«

Die Frau lächelte und goss den Kaffee in die Tassen.

»Ich bin erst das zweite Mal hier«, sagte Andrea, »aber meine Sehnsucht nach zu Hause hält sich auch in Grenzen.«

»Du warst hier schon mal?« Celine lehnte sich nach vorn, »das weiß ich ja gar nicht.«

»Das war die Überraschung, die ich dir morgen zeigen wollte. Ein Haus, eine Art Erbstück.«

»Ein Haus? Wieso wohnen wir dann hier?«

»Na ja, Haus ist zuviel gesagt. Genau genommen sind's ein paar Steine auf einem verwilderten Grundstück.«

Celine saß noch immer auf der Vorderkante des Campingstuhls. »Voll gut. Ein Haus an der Côte d'Azur. Ich glaub's nicht.«

»Ach, erwarte nicht zuviel. Ich war vor achtzehn Jahren das letzte Mal hier. Vielleicht find ich's ja gar nicht mehr.« Andrea bekam einen versonnenen Gesichtsausdruck. »Da hängen auch ein paar weniger schöne Erinnerungen dran, und außerdem«, sie nahm einen Schluck Kaffee, »ich kann's nicht ausbauen und kann's nicht verkaufen. Was soll's also.«

Die Frau schien sich wohl zu fühlen. Sie hatte mit entspanntem Lächeln zugehört, aber jetzt legte sie die Handflächen auf die Armlehnen ihres Stuhls und erhob sich: »Ich muss los. Mein Mann liegt hier im Krankenhaus, ich will ihn noch besuchen.« Sie schob den Stuhl zurück und warf einen flüchtigen, sehnsüchtigen Blick aufs Meer. »Ich bin überraschend Strohwitwe geworden.«

»Ist es schlimm?«, fragte Andrea und stand auf.

»Zuerst sah es schlimm aus«, sagte die Frau, »aber jetzt muss er nur liegen und gesund werden. Er hat sich einen Rückenwirbel angeknackst.«

»Oh je.«

Die Frau stieg in ihren Wagen und winkte. Dann drehte sie den Schlüssel im Zündschloss und startete.

»Danke fürs Retten!«, rief Celine, und die Frau lächelte und fuhr los.

*

Die Klinik, ein dreistöckiger Sandsteinbau aus den Zwanzigerjahren mit großzügigen Flügeln und einem turmartigen Mittelbau, machte den pompösen Eindruck eines Grandhotels, der sich aber verflüchtigte, sobald man ins Innere des Gebäudes trat. Hier lag ein grünlicher Linoleumboden mit stumpfen Flecken, denen auch fleißigstes Bohnern keinen Glanz mehr zurückgeben konnte. Die Turnschuhe der Krankenschwester quietschten leiser, immer wenn sie einen dieser Flecken überquerte.

Ralf starrte an die Decke. Marie schloss die Tür und setzte sich aufs Bett. »Ich hab dir auch noch deinen Friedell mitgebracht«, sagte sie, als sie die Bücher aus der Tasche nahm und auf den Nachttisch stapelte, »beide. Neuzeit und Griechenland.«

Seine Hand, die aus dem Gips herausragte, streichelte den Saum ihres Kleides unter der Achsel. »Danke«, sagte er und sah ergeben zur Decke.

»Soll ich den Busch bestrafen?«

»Meinst du, rausreißen?«

»Er hat immerhin deinen Urlaub auf dem Gewissen. Und mein Orangenbäumchen.«

Ralf lächelte: »Lass nur. Der Strauch kann nichts dafür.« Und nach einer kleinen grüblerischen Pause, in der ihm wohl die eigene Großzügigkeit übertrieben vorkam: »Außerdem will ich's ihm selber heimzahlen.«

»Und dir den nächsten Wirbel verknacksen?«

»Misch dich da nicht ein«, sagte Ralf, »das ist Männersache.«

Marie küsste ihn flüchtig in die Handfläche. »Kann ich denn sonst was für dich tun? Du tust mir so Leid.«

»Lass nur, nein. Ich finde mich schon ab damit.« Ralf ließ sich ins Kissen zurücksinken. »Es ist immerhin entspannend. Mach ich halt Urlaub im Liegen.«

Marie schaute sich um, stand kurz entschlossen auf und drehte die Jalousie mit einem Griff zu, sodass der

Raum in angenehmem Dämmer lag. Dann ging sie zu Ralfs Bett zurück und hob die Decke an. »Und wie sieht's mit Liebe aus?«

»Untersteh dich«, sagte er und versuchte, mit der beweglichen Hand die Decke festzuhalten.

»Und wenn ich die Tür abschließe?«

»Nein. Du brichst mir das Kreuz. Und die Tür hat keinen Schlüssel. Wenn die Schwester reinkommt, sterbe ich vor Scham.«

Marie ließ den Deckenzipfel sinken. »Hier ist Frankreich. Ich bin deine Ehefrau. Was bist du nur für ein Puritaner.«

»Ein verletzter«, sagte Ralf zufrieden.

»Schade«, sagte Marie und drehte die Jalousie wieder so, dass Licht in den Raum fiel.

*

Die meisten Händler hatten schon gepackt. Ihre Marktstände, unter Trauben von Taschen, Kleidern, Hüten und Schmuck, vor kurzem noch fast verschwunden, hatten sich zurückverwandelt in überdimensionierte Anhänger. Nun zogen die ersten Kombis und Geländewagen diese Ungetüme vom Platz und ließen kahle Stellen zurück, verwaiste Inseln der Tristesse im quirligen Leben des Marktes, an deren Rändern sich kleine Müllhügel türmten.

Andrea gab auf. Sie hatte den ganzen Vormittag gewartet. Sie bezahlte und machte noch ein letztes Mal die Runde an den anderen Cafés vorbei, aber wie schon in den letzten vier Stunden war auch jetzt keine Spur von Ralf zu sehen. Er hatte sie versetzt.

Das ist genau das, was ich nicht wollte, dachte sie.

Warten, ob er vielleicht auftaucht und verzeihen, dass seine Frau ihn nicht weggelassen hat. Verdammt. Die sitzengelassene Geliebte. Das ist nicht meine Rolle.

Erst auf der Fahrt zurück zum Campingplatz wich ihr Ärger langsam einem Anflug von Besorgnis, und als sie auf den Parkplatz vor dem Supermarkt einbog, um von diesem sinnlosen Ausflug wenigstens einen Arm voller Lebensmittel mitzubringen, war sie sich sicher, dass Ralf sie nicht versetzt hatte. Nicht er. Sie würde nach ihm suchen müssen.

*

In den steilen Gassen des Dorfes konnte man verloren gehen. Blumen über Blumen, Nischen, Winkel, kleine Durchblicke – die Malerin in ihr wollte sich nicht satt sehen und hätte sich in all der Pracht vergessen, wäre da nicht die Aufgabe gewesen, nach Türschildern, Wäschestücken und Autonummern Ausschau zu halten. Andrea wusste keine Adresse. Brauchte Glück. Musste irgendwas durch ein Fenster oder auf einer Gartenmauer liegen sehen, das ohne Zweifel Ralf gehörte, um dann verstohlen wie ein Detektiv auf sein Auftauchen zu lauern. So würde sie wenigstens wissen, dass ihm nichts passiert war und konnte geduldig warten, bis er sich bei ihr auf dem Campingplatz meldete.

Sie wollte sich gerade in einem der Cafés am Marktplatz einen freien Tisch suchen, da sah sie die Frau von gestern. Sie stand auf der anderen Straßenseite und schaute herüber, direkt in Andreas Augen. Jetzt lächelte sie und setzte sich in Bewegung. »Wie gefällt Ihnen unser Dorf? Ist es nicht ein Schmuckstück?«

Sie setzten sich beide. Andrea spürte auf einmal ihre Füße und streifte die Schuhe ab. »Man weiß gar nicht, wo man die Augen lassen soll. Ich glaub, ich komm morgen mit dem Zeichenblock wieder.«

Die Frau sah sich nach dem Kellner um. Andrea wollte kein Schweigen aufkommen lassen und sagte: »Jetzt bin ich wohl überraschend auch Strohwitwe geworden.« Im selben Moment erspähte sie den Kellner und winkte ihm. Die Frau schaute fragend.

»Eine Verabredung. Und die hat mich versetzt.«

»Na, dem würd ich die Meinung sagen.«

Der Kellner nahm ihre Bestellung auf, Café au lait für Andrea und Perrier für die Frau.

»Dazu müsste ich erst mal wissen, wo er wohnt«, sagte Andrea und kam sich im selben Augenblick albern vor. Viel zu ehrlich. Die Frau schien auf ähnliche Gedanken gekommen zu sein, denn sie sagte: »Oh. Ich bin indiskret. Verzeihung.«

Andrea lächelte. Sehr sympathisch, dachte sie, ich erzähl zu viel, und sie entschuldigt sich dafür.

Die Frau beugte sich vor: »Zeichenblock? Sind Sie Künstlerin?«

»Ja. Aber mein Geld verdien ich als Lehrerin. Das Malen ist mein unbezahlter Hauptberuf. Die eigentliche Leidenschaft.«

Die Frau bekam einen verträumten Ausdruck und schaute blicklos auf die Straße, wo sich zwei Busse langsam aneinander vorbeischoben. »Ich hab immer davon geträumt, Modell zu sein. Oder Muse. Am liebsten beides.« Sie machte eine kleine Pause und zupfte abwesend am Ärmel ihres T-Shirts. »Dieser eine Akt von Gauguin, das Mädchen sitzt in einem

Sessel und schaut ihn so direkt und ohne Scheu an, so unschuldig und auch so ... selbstsicher, oder, ich weiß nicht ... durchtrieben? Sie sitzt so grade und stolz ... ich stelle mir immer vor, sie fühlt, dass eines Tages Millionen von Menschen auf ihren nackten Körper schauen werden. Sie schaut durch Gauguins Augen und sieht hinter ihm Millionen anderer Augen, oder Tausende ... seltsamer Traum.«

»Vielleicht gar nicht so seltsam«, sagte Andrea leise, »vielleicht ein Traum von Hingabe, oder von Ehrlichkeit.«

»Oder auch bloß Exhibitionismus?«

Andrea lächelte. »Auch möglich. Davon wird der Traum ja nicht schlechter.«

»Stimmt. Ja. Eigentlich wahr.«

Sie bemerkten erst jetzt, dass der Kellner die Getränke diskret auf den Tisch gestellt hatte, um ihre nachdenkliche Unterhaltung nicht zu stören.

»Was macht Ihre Tochter?«, fragte die Frau.

»Liegt am Strand«, sagte Andrea, »und büffelt. Für einen Sprachkurs in London nächste Woche.«

»Sie ist bezaubernd.«

»Bezaubernd?« Andrea lauschte dem Klang dieses Wortes hinterher. »Das ist ein schönes altmodisches Wort. Haben Sie Kinder?«

»Nein«, sagte die Frau und griff nach ihrem Glas. »So eine Tochter wie Ihre hätt ich gern gehabt.« Und, als wäre ihr das zu weit gegangen: »Haben Sie Lust, schwimmen zu gehen?«

*

Ich bin doch sonst nicht so kontaktfreudig, dachte Marie, als sie sich den Sand vom Ellbogen rieb und sich in einer Art Schneidersitz einzurichten versuchte, weil ihr das Liegen auf dem Bauch unbequem geworden war. Die Mutter schwamm in einiger Entfernung ihre Bahn, und die Tochter lag neben ihr auf dem Rücken, den Kopf auf ein Englischbuch gelegt und blinzelte in den wolkenlosen Himmel. Marie schien es, als hätte sie sich in Sekundenschnelle mit den beiden angefreundet, ganz entgegen ihrer sonst so reservierten Vorsicht gegenüber Fremden. Dem Mädchen hatte sie in den letzten paar Minuten schon Ehestand, Alter und Beruf verraten, es konnte nicht mehr lange dauern, bis sie auch mit ihren Tagträumen rausrücken würde. »Architektin?«, fragte das Mädchen gerade in den Himmel, »das ist ein Traumberuf, oder?«

»Nur wenn man davon geträumt hat«, sagte Marie. »Ich bin so reingerutscht. Mein Vater war Architekt, Professor, und schwupps war ich's auch, bevor ich mir noch richtig überlegt hatte, was ich eigentlich will.«

»Ich find's super. Ich hab keine Ahnung, was ich will.«

»Dann studieren Sie doch Architektur.«

»Erst mal muss ich's Abi schaffen.«

»Stimmt.«

Neben ihnen kniete die Mutter auf dem Badetuch und trocknete sich ab. »Ich hab Hunger«, sagte sie.

*

Alle drei schauten der Madame beim Servieren zu. Im Auto hatten sie geschwiegen, und dieses Schweigen war entspannt und freundlich gewesen, so, als würden sie sich seit Jahren kennen und hätten die höfliche Unsicherheit, die einen sonst antreibt, ein Gespräch nicht abreißen zu lassen, längst überwunden.

»Ich bin Andrea.«

»Marie.«

»Celine.« Das Mädchen lächelte. »Küssen?«

»Küssen«, antwortete Marie und stand auf, um sich über den Tisch zu beugen und zuerst Andrea, dann Celine auf die Wange zu küssen. Sie setzte sich wieder und erhob ihr Glas. »Ich freu mich, dass ich euch getroffen habe.«

»Das verdanken wir denen da«, sagte Celine leise und deutete mit dem Daumen durch ihren eigenen Oberkörper auf etwas hinter sich.

Marie drehte sich um und sah die beiden Kerle, vor denen sie Celine in Sicherheit gebracht hatte, breitbeinig und voller Stolz auf die eigene Unwiderstehlichkeit dasitzen und herübergrinsen. »Oh je, zwei Appetithemmer«, sagte sie nur und drehte sich wieder zum Tisch.

Andrea, die nicht sofort den Zusammenhang begriffen hatte, schaute noch fragend, als sie auch schon halb von ihrem Sitz hochschnellte, die Fäuste ballte und auf die beiden losgehen wollte. »Die? Waren die das?«

Celine legte ihrer Mutter die Hand auf den Arm und drückte ihn sanft auf die Tischplatte zurück. »Lass Mama. Ist es nicht wert.«

Einen Augenblick schien es, als ob Andrea trotzdem aufspringen wollte, aber sie schaffte es, ihrer Tochter und vielleicht auch dem eigenen Stilempfinden zuliebe, sich wieder zu beruhigen und über diese abstoßend selbstsicheren Gesichter hinwegzusehen. Aber ihre Stimmung war merklich gedämpft und besserte sich auch nicht, als die beiden Schnösel bezahlten, aufstanden und mit provozierender Langsamkeit möglichst nah an ihrem Tisch vorbei zum Auto stolzierten.

*

Die Ruine war tatsächlich nur ein Haufen Steine im verblassten Grün des Maquis. Allerdings in unvergleichlicher Lage. Einsam am Hang eines weich geschwungenen Hügels gelegen, mit einem Blick weit über die Gärten aufs Meer. Marie japste vor Entzücken, als sie aus dem Auto stieg. »Das da ist es? Das ist dein Haus?«

»Ja«, sagte Andrea lächelnd.

»Total gut.« Celine sprach mit belegter Stimme.

»Mensch!«, rief Marie, die sofort begonnen hatte, den sichtbaren Rest des Grundrisses abzuschreiten, »das ist Wahnsinn. Sowas gibt es gar nicht mehr.« Sie drehte sich um die eigene Achse und sah sich gründlich um, kletterte über die Steine, entdeckte eine Zisterne und zog den vermoderten Rest einer kleinen Holztür zur Seite. »Das ist ein Keller. Fantastisch.« Sie setzte sich auf einen großen Stein. »Ein Kleinod. Mach was draus.«

Celine begann, aus Wiesenblumen, Gräsern und kleinen Zweigen einen Strauß zu pflücken. Sie summte vor sich hin und stieß gelegentlich kleine Freudenschreie aus, wenn sie etwas besonders Hübsches entdeckte und den einen oder anderen Fluch, wenn sie sich an einem Stein stieß oder Dorn stach.

»Da hingen mal große Träume dran«, sagte Andrea, die sich auch gesetzt hatte, »ich wollte hier leben.«

»Das solltest du. Besser kannst du's nicht treffen. Das ist ein wundervoller Platz. Mit ein paar Handgriffen ist die Zisterne wieder in Ordnung, wenn du Strom brauchst, kannst du ihn mit Solarzellen machen, hier ...« Marie war längst wieder aufgesprungen und schritt das Areal ab, »... ist die Küche, offen zum Wohnzimmer oder Atelier ...«

»Atelier«, sagte Andrea, »ich brauch kein Wohnzimmer.«

»... hier die Dusche, WC, Schlafplatz, offen, wenn du willst, mit Blick auf deine Staffelei, falls dir der Terpentingeruch nicht den Schlaf raubt, und Platz genug für alle Typen, die dich nicht versetzen.« Sie schüttelte den Kopf, als könne sie damit die unpassende Bemerkung wieder streichen. »Es ist toll.«

Sie setzte sich, nur um im nächsten Augenblick wieder hochzuschnellen. »Krieg ich ein Blatt von deinem Zeichenblock?«

Andrea zog den Block aus der Tasche und schlug ihn auf.

Den Rücken an die Wand gelehnt, hockte Marie auf den Fersen und begann zu zeichnen, dann blätterte sie zurück, um sich Andreas Zeichnungen anzusehen. »Du bist gut«, sagte sie leise, »du kannst es wirklich.« Dann schlug sie ihre angefangene Skizze wieder auf und stellte sie mit schnellen Strichen fertig. »So etwa«, sagte sie und reichte Andrea den Block.

»Schön.« Andrea drehte den Block so, dass der Entwurf mit ihrer Perspektive übereinstimmte, schaute aufs Blatt, dann auf die Ruine und wieder aufs Blatt. »Du zeichnest auch nicht schlecht.« Dann legte sie den Block neben sich. »Aber der Traum ist längst ausgeträumt.«

Marie ging nicht auf den resignierten Ton ein. »Quatsch«, sagte sie nur, und die nächste halbe Stunde entwarfen und planten sie, rissen einander den Block aus den Händen, um immer ausgefeiltere Varianten zu skizzieren. Sie wurden richtig ausgelassen dabei und brachten einander zum Lachen, wann immer sich eine Möglichkeit bot. In der Art, in der sie ihre Köpfe zusammensteckten, zwischendurch von einem Brot abbissen und Wasser tranken, sich dann wieder über neue, noch bessere Lösungen hermachten, lag eine Vertrautheit und verträumte Selbstvergessenheit, wie man sie als kleines Mädchen mit der besten Freundin hatte. Beim Planen eines Baumhauses, in dem sich jede Puppe und jedes Kuscheltier wohlfühlen soll.

Später saß Marie mit geschlossenen Augen an die Überreste der Wand gelehnt, und Andrea zeichnete sie. Noch immer war Celine in einiger Entfernung mit ihrem inzwischen riesigen Blumenstrauß beschäftigt, da sagte Marie in die nur von Vogelzwitschern und dem Kratzen von Andreas Zeichenstift erfüllte Stille hinein: »Ich hatte eigentlich nie eine Freundin. Nicht mal als Kind.«

Sie hielt die Augen geschlossen, registrierte nur, dass das Kratzen des Stiftes für einen Augenblick aufhörte, und begann sich schon Vorwürfe zu machen wegen dieser vielleicht zu intimen und aufdringlichen

Äußerung, da hörte sie Andrea antworten: »Ich auch nicht. Bin mit Jungs aufgewachsen. Drei Brüder. Und eine Zeit lang zwei ziemlich kriminelle Cousins.«

»Ich in einer Nonnenschule«, sagte Marie und öffnete die Augen. »Mein Frauenbedarf war gleich fürs Leben gedeckt.«

Andrea sah über die Gärten hinweg und ließ den Zeichenstift ruhen: »Celine ist sowas wie eine Freundin.«

»Das gilt nicht. Sie ist deine Tochter.« Marie sah Andrea versonnen lächeln. »Und ich würd sie dir abkaufen.«

Andreas Lächeln verbreiterte sich: »Geht nicht.«

Marie schloss die Augen wieder und öffnete sie so lange nicht, bis sie hörte, wie Andrea das Blatt abriss und spürte, dass sie ihren Arm damit kitzelte. »Hier.«

»Toll«, sagte Marie leise, nachdem sie die Zeichnung ausführlich studiert hatte, und sie dachte, die Frau mag mich. Niemand erfasst einen Menschen, den er nicht mag, so klar und in so kurzer Zeit. Zumindest interessiere ich sie.

»Du rahmst dir meine Zeichnung«, schlug Andrea vor, »und ich mir deine.«

»Du baust dir deine.«

Celine unterbrach die beiden. Sie hielt Marie den Blumenstrauß vor die Nase: »Da.«

Marie nahm ihn, steckte lächelnd die Nase hinein und nieste.

»Gesundheit.« Celine lächelte über die Wirkung ihres Geschenks.

»Du hast nicht zufällig einen Zollstock in der Tasche?«, wandte sich Marie an Andrea und hielt den

Strauß ein wenig von sich weg, um nicht noch mal zu niesen.

»Ach lass doch. Ich muss noch zehn Jahre sparen, wenn ich das machen will.«

»Wenn du zehn Jahre sparst, kannst du auch in fünfzehn den Kredit abbezahlen. Außerdem ...«, sie überlegte kurz und schüttelte den Strauß, als sollten Münzen oder Schecks aus ihm herausfallen, »... hast du das Teuerste schon umsonst.«

»Wieso? Was denn?«

»Die Architektin.«

*

Die Idee verschwand nicht mehr aus Andreas Kopf. Immer wieder in den nächsten Tagen schob sich wie von selbst der Entwurf über die Baumstudien, an denen sie arbeitete, wenn Celine schwamm oder las, und eine fast greifbare Vorstellung des Hauses, von Mimosen, Forsythien und Bougainvillea überwuchert, schwebte wie ein kleines Hologramm über dem Teller, wenn sie aß und vor dem Horizont, wenn sie übers Meer schaute. Wie so oft, wenn man etwas auf die lange Bank geschoben hat, so gründlich und entschlossen, dass es fast verschwunden war, schlug die Idee, hier zu leben, nur noch zu malen und endlich am Ziel zu sein, wie ein Meteor aus leer geglaubtem Himmel ein.

Andrea ertappte sich immer wieder beim Rechnen, beim Zusammenzählen ihrer Ersparnisse und Abfassen ihres Gesuchs um unbefristeten Urlaub ohne Bezüge. Aber es ging nicht. Das konnte nicht reichen. Und was sollte sie hier, wenn Celine in Hamburg war?

Nein, es war unmöglich. Nicht mehr dran denken. Später. Zurück auf die lange Bank mit dem Traum.

Sie hatte nicht mehr mit Marie darüber geredet. In den letzten vier Tagen waren sie nur einmal zusammen essen gewesen. Maries Mann ging es besser, und sie wollte ihn nicht zu lang allein lassen in seinem tristen Krankenzimmer.

*

Andrea hörte sich selber seufzen, als Celine die Hecktür des Wohnmobils zuschlug und ihren großen grünen Tramperrucksack schulterte. »Das Taxi muss gleich da sein«, sagte sie und nahm ihre Handtasche vom Beifahrersitz. Dann wollte sie die Tür abschließen, aber Celine widersprach: »Mama, ich fahr allein zum Bahnhof.«

»Aber ich kann dir doch winken?«

»Ja, aber hier. Ich bin erwachsen.«

»Ja, eben. Ich will nicht, dass noch mal sowas passiert. Du bist ein hübsches Mädchen.«

»Im Taxi? Auf dem Bahnhof?«, Celine setzte den Rucksack wieder ab, »das ist doch nicht dein Ernst.«

»Aber ich kann doch …«

»Mama. Ich will nicht wie ein kleines Kind zum Bahnhof gebracht werden. In England kannst du mich auch nicht betüddeln.«

»Ja. Eben. Dann doch wenigstens jetzt noch.«

Das Taxi fuhr heran, und der Fahrer stieg aus.

»Tschüss Mama.« Celine hievte den Rucksack mit Hilfe des Fahrers in den Kofferraum.

Andrea fügte sich. »Mach's gut, Schätzchen. War schön, dich hier zu haben.«

»Ja.« Celine setzte sich in den Wagen und deutete ein kleines Winken an, während sie gleichzeitig das Fenster herunterkurbelte. Der Wagen fuhr los, und Andrea unterdrückte das Gefühl von Angst und Unsicherheit, das ihr die Atemluft in den Bauch zu pressen schien, und winkte lächelnd, bis der Wagen zwischen den Bäumen verschwunden war.

*

Eine schläfrige Stimmung umgab das Krankenhaus. Niemand ging hinein, niemand kam heraus, und die Autos auf dem Parkplatz schienen in der Mittagssonne zu dösen. Andrea lächelte, als sie sich bei der Vorstellung ertappte: der alte Wellblech-Citroën könnte eigentlich ein bisschen schnarchen, und der rote Alfa-Giulia träumt vielleicht unruhig von einem siegreichen Überholmanöver gegen einen Maserati. Dann grinste sie breiter. Wieso denk ich über Autos nach? Auf einmal geisterten ihr Liebhaber und Freunde ihrer Jugend wieder durch den Kopf, deren Träumereien von schnittigen Autos und großer Welt sie so oft mit Liebesgeflüster verwechselt hatte. Vielleicht waren ihr deswegen die Automarken noch geläufig?

Das ist alles schon so lang her, dachte sie. So vieles ist schon so lang her. Eigentlich müsste ich mich alt fühlen. Warum tu ich es nicht? In dieser flirrenden Sommerhitze fühl ich mich lebendig und kitzlig, als wäre ich dreißig und hätte keine siebzehnjährige Tochter, als hätte ich nicht schon eingesehen, dass der Teil des Lebens, der vor mir liegt, nicht mehr gleich lang sein wird wie der hinter mir und nicht mehr so voller Premieren und Entdeckungen, als hätte ich nicht längst schon begriffen, dass ich Freuden und Genüsse und die Höhepunkte meines Lebens schon seit einiger Zeit als Déjà-vu erlebe.

Sie wurde von Marie, die jetzt am Eingang stand und gegen die Sonne blinzelte, aus ihren Gedanken gerissen. »Bist du das?«, rief Marie halblaut und versuchte, die Augen mit der flachen Hand gegen das grelle Mittagslicht abzuschirmen. Dann hatte sie endlich ihre Sonnenbrille aufgesetzt und kam die Treppe herab.

»Wie geht's ihm?«, fragte Andrea, als Marie nah genug herangekommen war.

»Gut. Er kann sich nur nicht bewegen.« Sie kramte den Autoschlüssel aus ihrer Tasche. »Du hättest mitkommen sollen. Ich hab ihm von dir vorgeschwärmt. Ihr würdet euch mögen, glaub ich.«

»Ach nein. Ich stör doch nicht euer minimales Eheleben.«

»Das ist allerdings wirklich minimal«, sagte Marie mit einen süffisanten Lächeln, »aber deshalb ist da auch nichts weiter zum Stören. Morgen kommst du mit.« Beim Wagen angelangt, öffnete Marie galant die Beifahrertür.

Andrea saß schon, als sie fragte: »Wie ist er eigentlich?«

»Wieso? Suchst du einen?«

Andrea lachte laut in das Rasseln des Anlassers und Aufheulen des startenden Motors: »Nein, ich bin versorgt. Nur so.«

»Tja«, Marie kurvte zügig durch die Reihen parkender Autos zum Ausgang, »wie ist er? Tapsig, verschlossen, lebt in seiner Welt und steckt gelegentlich mal die müden Maulwurfsaugen raus ... außer dem Essen scheint er mir den weltlichen Genüssen eher abgeschworen zu haben ...« Sie bog in die Straße ein und schien froh über die kurze Unterbrechung, die die Konzentration auf den Verkehr von ihr forderte, aber dann fuhr sie fort: »Er sieht gut aus, und eigentlich ist er rücksichtsvoll. Wenn er mich mal bemerkt.«

»Aber du liebst ihn.«

»Ja. Und deiner?«

»Ganz anders. Einfühlsam, sexbesessen, ich weiß nicht ... nett, ein bisschen einsam, klug ...«

»Ach, wie schön das klingt, sexbesessen«, Marie brach ein Überholmanöver ab, »ihr kennt euch noch nicht so lang, oder?«

»Zwei Jahre«, sagte Andrea, »zweieinviertel.«

*

Marie genoss die Begeisterung in Andreas Augen, als sie sie von Raum zu Raum führte. Ein Haus ist erst für Gäste schön, dachte sie und fragte sich, woher sie diesen Satz hatte. Irgendwo gelesen? Klang ein bisschen nach den chinesischen Weisheiten, die um Geschenke verlegene Besucher verschämt überreichten, in der Hoffnung, man erweise sich tatsächlich als jemand, der sich sowas auf den Nachttisch legt, um vor dem Schlafengehen darin zu blättern.

»Ein Haus hast du gesagt?« Andrea ging zum Fenster des Kaminzimmers und kniff die Augen zusammen. »Das ist ein Schloss.«

»Gefällt's dir?«

»Ich hab keine Worte. Doch. Es ist wunderschön.«

Andrea wollte offensichtlich jeden Raum sofort betreten und erfassen. »Mach ruhig«, sagte Marie, »ist überall aufgeräumt.«

»Ja?« Andrea stieß alle Türen auf, durchmaß die Räume mit schnellen Schritten, sah aus den Fenstern, drehte sich um die eigene Achse und sah dann strahlend und kopfschüttelnd zu Marie, die ihr langsamer folgte und meist in der Tür stehen blieb.

Später lagen sie am Pool. Andrea in einem Badeanzug von Marie, der ihr erstaunlich gut passte. Sie mag mich, dachte Marie, sonst hätte sie nicht meinen Badeanzug genommen.

Der Nachmittag verging für die beiden wie für zwei Katzen, denen die schiere Sonnenwärme schon zum Glücklichsein genügt, und erst als der Schatten einer Zypresse Maries Schulter erreicht hatte, fiel ihr auf, wie schnell die Zeit verflogen war. »Ich hol uns mal was zu trinken«, sagte sie und stand auf. »Hast du Hunger?«

»Allenfalls Olivenhunger«, antwortete Andrea und setzte sich auf, um einen Fuß ins Wasser zu strecken.

»Gut«, Marie ging ins Haus, »ich ruf dich, wenn ich alle Oliven beinander hab.«

*

Auf dem Balkon war es kaum kühler, obwohl er im Schatten lag. Aber die Steine der Brüstung und die Fliesen hatten die Wärme gespeichert und strahlten sie jetzt ab. Marie hatte Käse, Oliven, Wein, Brot und kleine gegrillte Fische auf den Tisch gestellt und kam jetzt mit Tellern und Gläsern aus dem Haus.

»Du hast deinen Traum schon verwirklicht«, sagte Andrea.

»Einen.«

»Was?«

»Nur einen Traum. Ich träume noch andere.«

Andrea schwieg und sah Marie an. Aber die schien nicht weiter auf das Thema eingehen zu wollen. »Greif schon zu«, sagte sie, »der Koch ist leider ausgefallen.«

»Kocht er immer?«

Marie grinste breit: »Ich verbrenn mich jedes Mal.«

Andrea lächelte amüsiert. Das passte. So selbstbewusst und sicher diese Frau war, weibliche Tricks passten zu ihr. Der Mann würde einiges an Geduld und Reaktionsvermögen aufbringen müssen, um immer dann, wenn sie es wollte, mal den souveränen Ritter zu spielen und mal den devoten Bewunderer. Ein Satz fiel ihr ein, den sie irgendwo gelesen hatte: Frauen wollen keine Rechte, sie wollen Privilegien. Möglich, dass diese Frau beides wollte. Vielleicht sogar, ohne sich je zu überlegen, welches von beiden sie gerade in Anspruch nahm.

Marie hatte Wein eingeschenkt und hob ihr Glas zum Mund. Aber bevor sie trank, fragte sie noch: »Und deine Verabredung?«

Andrea schaute nur fragend, denn sie wusste nicht, worauf Marie hinauswollte.

»Auch ein Koch?«

Andrea nickte.

»Bist du eigentlich ein bisschen einsilbig bei dem Thema, oder mein ich das bloß?«

Andrea schaute wieder fragend. Diesmal weil sie sich einfach noch nicht im Klaren war, was sie antworten sollte. Dann raffte sie sich zu der hinhaltenden Phrase auf: »Nein, das meinst du nicht bloß.«

»Aha«, sagte Marie, stolz auf den eigenen Scharfsinn. »Er ist verheiratet, stimmt's?«

»Ja, das stimmt.«

»Und? Wie ist das? Schleichst du in seine Wohnung, wenn die Frau einkauft, oder er in deine, wenn Celine schläft?«

Andrea lachte. »Niemand schleicht. Er kommt, wenn Celine nicht da ist. Und das ist gut so.«

»Wieso? Wegen Celine?«

»Nein, eher meinetwegen. Ich will nicht …«, sie überlegte und ließ die Olive, die sie eben in den Mund hatte stecken wollen, wieder auf den Teller zurückfallen. »Nicht den Alltag. Ich will das Besondere. Ich will nicht alles mit ihm teilen, dafür ist das, was wir dann teilen, nicht banal.«

»Beneidenswert.«

»Wieso?«

»Weil du auf die Sicherheit pfeifst.«

»So elektrisiert es mehr.« Jetzt endlich steckte Andrea die Olive in den Mund. Marie hatte ihre Hand auf die Brüstung gelegt und trommelte mit den Fingern einen unhörbaren Flamencorhythmus. »Kennst du seine Frau?«

»Nein«, sagte Andrea nachdenklich, »will ich nicht. Das ist eine andere Welt. Da lebt er mit ihr. In meiner Welt hab ich ihn selten, aber richtig.«

»Und er? Meinst du, er würde seine Frau verlassen und ganz mit dir leben?«

Diese Frage hatte sich Andrea nie gestellt. Geschweige denn ihm. Sie wusste es nicht. Sie zuckte die Schultern und schüttelte den Kopf. »Und du? Seid ihr schon lang verheiratet?«

Marie nickte und schürzte die Lippen.

»Wie ist das? Hältst du seine Macken aus?«

Marie hatte gar nicht aufgehört zu nicken. Es galt auch noch als Antwort auf diese Frage. Aber dann sagte sie noch: »*Ich* hab die Macken.«

»Was für welche denn?«

»Eine Art Putzfimmel. Oder Krümelallergie. Oder Fusselphobie, irgendwas in der Art. Ich bin penetrant. Zwanghaft.«

»Du müsstest mich heiraten. Wärst du schnell kuriert. Ich bin eine Schlampe.«

»Oder du wärst in Nullkommanichts gut erzogen.«

»Das halt ich für aussichtslos.« Andrea sah auf den Tisch. Rings um ihren Teller lagen Krümel und kleine Brotstückchen dekorativ zu kleinen Kompositionen gruppiert, auch ein verirrter Olivenkern war außerhalb des Tellerrandes gelandet. Den nahm sie jetzt und legte ihn zurück. »Schau dir das an.«

Marie grinste. »Ja. Widerlich.« Sie trank einen Schluck. »Vielleicht sollte ich auch mal was anfangen nebenher.«

»Hoppla«, sagte Andrea alarmiert, »bin ich jetzt schon das schlechte Vorbild? Ist dir dein Mann langweilig geworden?«

»Weiß nicht«, Marie stupste ihr leeres Glas mit dem Finger hin und her, »Ralf ist nicht langweilig, nur ...«, das Glas wollte kippen und wurde festgehalten, »... ein bisschen mehr Eros und Leidenschaft könnt ich schon vertragen ... von wegen sexbesessen.«

Andrea spürte ihren Körper von den Zehen bis in die Haarspitzen mit schmerzhafter Deutlichkeit. Die Erwähnung des Namens hatte ihr den Atem stocken lassen. Es war wie Lärm in ihrem Kopf und eine gleichzeitige Überempfindlichkeit auf der Haut, in allen Gliedern, in den Eingeweiden. Durch den Lärm hörte sie sich selber fragen: »Was macht er?«

»Er ist Buchhändler.«

*

Ihr Kopf war klar, wie in einer Katastrophe, in der es um Sekundenbruchteile geht und jedes Zögern tödlich wäre. Andrea schloss die Tür des Badezimmers und drehte den Schlüssel um. Dann sah sie sich um. Ein Wäschekorb, Badewanne, Spiegel, Ablage, Bidet und Toilette. Den Wäschekorb öffnete sie zuerst und hatte mit einem Griff Ralfs Hemd in der Hand. Dasselbe, das sie noch vor wenigen Tagen getragen hatte. Sie ließ es zurückfallen und schloss den Korb. Auf der Ablage unterm Spiegel sein Rasierwasser und – jetzt wich die Klarheit ihrer Gedanken einer Art von turbulentem Durcheinander – dasselbe Parfüm, das er ihr geschenkt hatte! Sie sank auf den Rand der Badewanne und hielt sich den Kopf.

Dieser Verrat, dieser planvoll intrigante Trick, ihr das Parfüm seiner Frau zu schenken, damit er nicht am Geruch überführt werden konnte, entsetzte sie vielleicht sogar mehr als die Entdeckung, mit wem sie sich da angefreundet hatte. Sie musste hier raus. Schnell.

Es klopfte an der Tür. »Bist du noch da? Ich will dir was zeigen.«

»Ja«, sie versuchte, ihre Stimme so fröhlich wie möglich klingen zu lassen, »ich komm.«

Auf ihrem Gesicht waren Tränenspuren, die musste sie erst beseitigen. Sie hatte gar nicht gemerkt, dass sie weinte. Als ihr Make-up wieder halbwegs in Ordnung war, bemerkte sie die beiden Zahnbürsten: eine blau, eine rot. Leise drehte sie den Schlüssel im Schloss und ging nach draußen.

Marie hatte zwei Pläne auf dem Tisch ausgebreitet und drehte sie jetzt, da Andrea auf den Balkon trat, zu ihr hin. »Kannst du was erkennen? Hier ist Süden, deswegen das Vordach.« Maries Finger fuhr einzelne Linien entlang. »Sonst gehst du im Sommer in der Hitze ein, und hier, die ganze Terrasse liegt bis abends im Schatten des Hauses, und da kommt dann auch das meiste Glas hin. Fenster nach Westen, falls du Sonnenuntergänge malen willst.«

Andrea hatte sich hinter Marie gestellt, denn sie wusste nicht, wie sie ihren Gesichtsausdruck unter Kontrolle halten sollte. Sie stand im Gegenlicht, und als Marie den Kopf zu ihr drehte, sah sie vermutlich, hoffentlich, nur eine Silhouette. Und nicht den Ausdruck von Panik, der sich in Andreas Augen zeigte.

»Du, ich muss los«, sagte Andrea mit einer Stimme, die sie selbst nicht erkannte, »sei nicht böse.«

Marie klang enttäuscht: »Sehn wir uns morgen? Kommst du, oder komm ich? Am Nachmittag will ich ins Krankenhaus, aber danach oder davor, wie du willst.«

Andrea hatte ihre Tasche gegriffen und wandte sich eilig zum Ausgang. »Ich meld mich, ja?«

Marie stand auf und folgte, immer einen halben Schritt hinterher, der hastig gehenden Andrea zum Gartentor. Dort legte sie kurz eine Hand auf Andreas Rücken und blieb stehen. Erst beim Auto drehte sich Andrea um und winkte. Dann schloss sie schnell auf, stieg ein und fuhr los. Marie stand da und sah ihr nach, bis der Wagen in der engen Gasse verschwunden war.

*

Ralf hatte es aufgegeben, seine auf und ab gehende Frau mit den Augen verfolgen zu wollen. Er starrte an die Zimmerdecke.

»Vielleicht hab ich sie ja überfahren? Hab ihr keinen Platz gelassen? Vielleicht hab ich sie mit der ganzen Hausbauerei irgendwie erschreckt?«

»Und wenn sie nun einfach ihre Tage hat?«

»Ach Quatsch«, sagte Marie ohne Ärger in der Stimme, aber sie hielt einen Moment im Gehen inne und überlegte, ob er nicht Recht haben konnte. »Nein«, sagte sie dann bestimmt und nahm ihren Tiger-im-Käfig-Gang wieder auf.

»Du siehst vielleicht wie immer viel zu schwarz«, sagte Ralf ohne rechte Überzeugung. Und ohne rechtes Interesse, denn ihm gingen ganz andere Dinge durch den Kopf. Er hatte keine Möglichkeit, Andrea zu erreichen und stellte sich voller Scham ihre Enttäuschung und ihren Ärger vor, als sie vergeblich auf ihn gewartet haben musste. Seit Tagen dachte er daran.

»Aber sie war so anders auf einmal«, riss ihn Marie aus seiner Grübelei.

»Das denk ich von dir auch oft. Und dann hast du meistens deine Tage.«

»Ach komm, das hat doch damit nichts zu tun.«

»Was ist, wenn sie einfach nicht so nett ist, wie du glaubst? Vielleicht ist diese Dame einfach arrogant und hält sich für was Besseres? Vielleicht sucht sie auch einfach keine Freundin?«

»Andrea? Die ist nicht arrogant. Nein, irgendwas war. Irgendwas hab ich falsch gemacht, irgendwas, das ich nicht kapiere.«

Ralf schloss die Augen. Er war ganz ruhig. Aber er fühlte sich, als schlösse sich eine Lage Watte nach der anderen um ihn und werde ihn in Sekunden ersticken. »Wo kommt sie eigentlich her?«

»Aus Hamburg. Das ist es ja.« Offenbar hatte Marie den brüchigen Klang seiner Stimme nicht registriert. »Und sie gefällt mir so gut wie keine Frau mir je gefallen hat. Ich will einfach nichts kaputtmachen.«

Ralf schwieg. Ihm raste so vieles durch den Kopf, dass er sich nicht sicher sein konnte, ob er einen Gedanken ausspräche, der nicht für Maries Ohren bestimmt war. Um Gottes willen! Wie konnte das passieren! Das war doch unmöglich. Absolut unwahrscheinlich. Die Watte legte sich immer enger um ihn.

»Vielleicht hör ich ja wirklich die Flöhe husten«, Maries Stimme klang schon gedämpft, »und spinn mir einfach was zusammen.«

»Bestimmt tust du das. Sicher.« Auch seine eigene Stimme klang matt und dumpf. Wie durch Watte.

»So wie du jetzt grade«, sagte Marie. »Genauso ist sie mitten im Gespräch ausgestiegen. Bei dir bin ich das gewohnt, da nehm ich's nicht mehr persönlich. Bei dir weiß ich, dass du von einem Moment zum nächsten in dein Wolkenkuckucksheim absegeln kannst. Aber sie? Frauen sind nicht so.«

*

Hals über Kopf hatte Andrea ihre Rechnung bezahlt, etwas von einem überraschenden Termin zu Hause gemurmelt, die Sachen einfach ins Wohnmobil geworfen und den Zeltplatz verlassen. Jetzt schaltete sie in den dritten Gang und setzte den Blinker, um sich von der Einfahrtspur nach der Zahlstelle wieder in die Autobahn einzufädeln. Nebenbei kramte sie im Handschuhfach, denn ihr war eingefallen, dass dort das Parfüm liegen musste. Ja. Sie bekam es zu fassen und warf es aus dem offenen Fenster der Fahrertür auf den Mittelstreifen. Ohne sich im Rückspiegel zu versichern, dass es nicht im Fenster eines überholenden Wagens landen würde. Sie hatte Glück. Oder derjenige, der sie überholt hätte. Sie schaltete in den Vierten und stemmte ihre Ellbogen gegen das Lenkrad. Als könne sie den Wagen damit noch beschleunigen. Zum Glück ist Celine nicht da, dachte sie immer wieder. Sie sagte sich innerlich diesen Satz vor, wie ein Mantra, das ihr helfen sollte, sich zu konzentrieren.

*

Armand Lanoux legte den Pinsel, den er eben reinigen wollte, zur Seite und beugte sich zum Fenster, um zu sehen, ob die Frau noch immer da stand. Ja. Seit Minuten starrte die jetzt auf den Platz, den die deutsche Malerin so überstürzt verlassen hatte, als könne sie es nicht fassen, oder glaubte gar, sie müsse nur warten, dann käme das Wohnmobil zurück. Er stand auf.

»Elle est partie, la Madame«, rief er zu der Frau hinüber, und sie reagierte, indem sie halb die Hand hob und halb den Kopf zu ihm herdrehte. Dann ging sie. Er hörte noch einen Wagen starten und losfahren, dann nahm er den verharzten Pinsel wieder zur Hand und entschloss sich, ihn wegzuwerfen.

2

Bis auf wenige Stunden hatte es nur geregnet, seit Andrea aus Südfrankreich zurückgekommen war. Schon unterwegs im Rheintal war sie in dieses dichte Grau gefahren und hatte seither kein Blau mehr am Himmel gesehen. Das passte so gut zu ihrer Stimmung, dass es ihr überhaupt erst jetzt, da sie Celine von der Fähre abholte, auffiel.

Aber Celine, die Andrea übernächtigt und glücklich über die Passagierbrücke entgegenkam, schien sich nicht an dem Wetter zu stören. Mit einem »Hi, Mama« fiel sie Andrea in die Arme und schaffte es, ihre Gedanken zu wärmen mit ihrer ansteckenden Begeisterung für England, die dort gekauften CDs und Klamotten und kennen gelernten Leute, von denen sie sofort zu schwärmen begann.

Andrea musste sich nicht für ihre Einsilbigkeit rechtfertigen, denn ihre Tochter redete für zwei. Hoffentlich erzählte sie noch recht viel und fragte so lange nicht nach Marie.

*

Dass Ralf sich mit ihrer bedrückten Stimmung so gut abfand, hielt Marie ihm als Rücksicht zugute. Es gab auch nichts mehr dazu zu sagen. Dass die Freundin Hals über Kopf verschwunden war, blieb ein Rätsel, das lösen zu wollen sich verbot. Nach ihr zu suchen, sie anzurufen und mit ihrer Flucht zu konfrontieren hieße, ihre Entscheidung zu ignorieren. Das ging nicht.

Es dauerte Wochen, bis Marie begann, die Geschichte zu vergessen.

*

Andrea konnte sich erst ab dem Tag das Vergessen zur Aufgabe machen, als Ralf nass vom Regen und schweigend vor der Tür stand. Sie ließ ihn nicht eintreten.

»Ich weiß noch überhaupt nicht, wie ich damit umgehen soll«, sagte sie, und er nickte traurig und sah aus, als wolle er sich zum Gehen wenden. Aber er ging nicht.

»Lass mir Zeit.«

»Aber es hat sich doch nicht wirklich was geändert?«

»Doch. Ich kenne deine Frau.«

*

Längst hatte Celine die Stimmung ihrer Mutter bemerkt und nur auf den passenden Moment gewartet. Der schien ihr jetzt gekommen, als sie zusammen über den Markt gingen und Andrea jeden hübschen Apfel anfasste, als ginge es darum, den besten zu entdecken. Dabei kamen doch alle aus demselben Flugzeug. Sie ist eine Romantikerin, dachte Celine und fragte unvermittelt: »Mama, was ist los mit dir? Seit ich aus England zurück bin, bist du nebendran. Wieso sagst du's mir nicht einfach?«

»Ich will's nicht besprechen«, sagte Andrea.

»Aber du bist nicht krank oder sowas?«

»Nein.«

Celine nahm einen Apfel, den wievielten?, den ihre Mutter eben zurückgelegt hatte und gab ihn dem Verkäufer zum Wiegen. »Hast du Marie mal wieder gesehen?«

Andrea schüttelte den Kopf.

»Habt ihr überhaupt die Adressen getauscht?«

»Wir haben uns aus den Augen verloren, nachdem du gefahren bist.«

Celine schwieg. So unglaubwürdig diese Antwort war, so unsicher und tastend hatte sie geklungen. Als wollte ihre Mutter den Text nur ausprobieren. Besser nicht weiterbohren.

Andrea legte den Arm um ihre Tochter. »Wir brauchen noch Brot.«

»Und Milch.«

*

Andrea schob die Capelletti auf ihrem Teller hin und her, als müssten sie sortiert werden und konnte sich nicht entschließen, einen Bissen auf die Gabel zu nehmen. Auch Ralf, der das alles in fast zweistündiger Arbeit gekocht hatte, rührte sein Essen nicht an. Er konnte die Augen nicht von Andreas verschlossenem und unglücklichem Gesicht wenden. Eben wollte er sagen, jetzt rede doch endlich, da löste sich eine Träne von ihrem rechten Unterlid und suchte sich stockend einen Weg über die Haut. Andrea wischte sie nicht weg.

»Ich hätte nicht gedacht, dass es mir so viel ausmacht«, sagte sie leise.

Ralf schwieg.

»Ich seh sie, wenn ich mit dir bin. Ich seh euch zusammen.«

»Aber …«, Ralf unterbrach sich und schwieg wieder.

»Du hast mir sogar ihr Parfüm geschenkt«, sagte Andrea wütend. So wütend, wie es eben möglich war, und das war angesichts ihrer Enttäuschung und Verwirrung nicht sehr. »Ich kann so nicht weitermachen«, sagte sie noch und bemerkte in dem Augenblick, da sie sich reden hörte, dass es stimmte. Es war aus.

»Aber liebst du mich denn gar nicht?«, fragte Ralf mit einer Stimme, die zu düster war, um kläglich zu klingen.

»Deine Frau liebt dich.«

Er starrte auf die Tischplatte.

»Das weiß ich zufällig«, setzte Andrea noch nach. Als ginge es darum, ihn zu überzeugen. Aber vielleicht ging es darum, sich selbst zu überzeugen?

Das Essen stand noch unberührt auf dem Tisch, als Ralf sich mit einem Kuss verabschiedete. Traurig, erschöpft, wortlos und für immer.

3

Die Tage vergingen für Andrea, Marie und Ralf, wie sie auch bisher vergangen waren. Mit Arbeit, mit Momenten der Leere, mit Müdigkeit und Eifer, mit dem seltenen, vagen Gefühl, das immer dann aufblitzt, wenn man für Sekunden begreift, dass die Zeit vergeht und für einen selbst irgendwann zu Ende sein wird. Und auch diese Sekunden vergingen. Obwohl sich die Leere noch öder angefühlt haben mag und die Endlichkeit klarer als früher. So verstrichen der Herbst, der Winter und der Frühling.

4

Celine fuhr mit dem Rad durch die Hallerstraße, auf dem Weg zu einer Schulfreundin, der sie einen ganzen Stapel geliehener CDs zurückbringen wollte. Nur zufällig blieb ihr Blick für einen Moment an dem Bauzaun haften, hinter dem eins der großen Jahrhundertwende-Stadthäuser von Grund auf restauriert wurde. Vielleicht hatte sie aus dem Augenwinkel eine Bewegung wahrgenommen und instinktiv auf diese Wahrnehmung mit einem leichten Drehen ihres Kopfes reagiert, sodass sie die Tür sah, die jetzt gerade aufgestoßen wurde, und aus dieser Tür trat Marie.

Schneller als sie hätte mitdenken können, war Celine auf die Bremse getreten, abgestiegen, hatte gerufen und war zu der Tür gerannt, in der Marie jetzt mit breitem Lächeln stand.

»Weißt du, wie viele Baustellen es in Hamburg gibt?«, fragte sie, schon mitten in der Umarmung und hörte Marie: »Die klapperst du ab?«

»Nicht mehr.«

»Der Zufall ist doch ein guter Gott.«

»Warum habt ihr keine Adressen getauscht? Meine Mutter weiß nicht mal deinen Nachnamen.«

»Sie war auf einmal weg.«

Celine nahm den Kuli, den Marie aus ihrer Tasche zog und schrieb die Telefonnummer auf den Rand ihrer Stadtzeitung. Dann riss sie die Ecke ab und gab sie Marie.

»Ich ruf heut Abend an«, sagte sie und versuchte, ihren Kuli wieder in die Tasche zu bekommen, ohne dabei die Papprolle, die sie unter den Arm geklemmt hatte, zu verlieren.

*

Ein Wirbel aus Gefühlen stob durch Andreas Inneres, als ihre Tochter mit dem Absatz die Tür zuknallte und rief: »Ich hab Marie getroffen! Sie ruft nachher an!« Da war etwas wie Ärger oder Wut, natürlich Freude und natürlich Angst, aber auch eine Art Scham, der Wunsch, sich zu verkriechen, den Kopf unter irgendeiner Schürze, Tischdecke oder hinter einem Vorhang zu verbergen, wie ein furchtsames Kind. Zum Glück hatte sie etwa zwanzig Sekunden Zeit, sich zu sammeln, bevor Celine in der Tür stand.

Und dann sprudelte Celine so ungehemmt los, voller Freude über den glücklichen Zufall, dass Andrea sich nicht groß bemühen musste, den Wirrwarr ihrer Gefühle zu bändigen. Celine hatte keine Augen für die Reaktion ihrer Mutter.

*

Ein aufmerksamer Beobachter, der just in dem Moment, als die beiden Frauen einander entdeckten, mit dem Boot auf die Brücke zugefahren wäre, hätte bemerkt, dass die eine plötzlich langsamer ging, als scheue sie den Kontakt, die andere hingegen ihren Schritt beschleunigte und sichtlich der Umarmung, in der sich beide gleich finden sollten, entgegenfieberte.

Es war auch diese Frau, die unmittelbar zu reden begann, sich unterhakte, die andere mit sich zum Restaurant zog und aus ihrer Freude keinen Hehl machte. »Hamburg ist doch ein Dorf«, sagte sie, »und ich bin froh drum.«

Andrea betrat vorsichtig den Bootsanleger, auf dem die Tische standen. Sie hatte schon immer Probleme auf schwankendem Boden gehabt. »Ich bin so kurz entschlossen losgefahren. Mir fiel erst unterwegs auf, dass ich nicht mal deinen Namen wusste.«

»Hat sich deine Verabredung doch noch gemeldet?«

Da war es. Keine zwei Sätze gewechselt, und schon mitten in der Katastrophe. Lass dir nichts anmerken, dachte Andrea, sie weiß es nicht, und sie wird es nie erfahren. Mach kein betretenes Gesicht, auch wenn dir jetzt, seit ihrem Anruf, wieder Schuld und Scham zu schaffen machen. »Ja«, sagte sie möglichst leichthin, »und ich musste gleich los. Es war auf einmal alles schrecklich hektisch.«

»Schwierigkeiten?« Marie setzte sich und hängte ihre Tasche an den Stuhl.

»Jetzt keine mehr.« Das klang trauriger als beabsichtigt. Sie hatte sich nicht im Griff. Verdammt.

»Oh, tut mir Leid«, sagt Marie, »ist es aus?«

Andrea nickte nur und legte ihre Handflächen auf den Tisch, als wolle sie sagen, alles erledigt, vergessen wir das Thema.

Marie griff impulsiv nach Andreas Hand, zog sie ein wenig zu sich her und drückte sie. »Ich bin echt froh, dass ich dich wieder hab.« Sie ließ die Hand wieder los und sah sich nach dem Kellner um.

Auf dem Fleet zogen hin und wieder Ausflugsboote

vorbei mit singenden, glotzenden oder sich zielstrebig betrinkenden Passagieren, und auf dem Anleger saßen die beiden Frauen und redeten. Die eine voll ehrlicher Freude über das Wiederfinden ihrer Freundin, die andere mit immer weniger Scheu und dem dennoch nur allmählich schwächer werdenden Gefühl, diese Freundschaft stünde ihr nicht zu. Aber je länger der Abend sich hinzog, desto wärmer und vertrauter klang auch ihre Stimme, wenn sie erzählte, was im letzten Jahr geschehen war. Unter Auslassung der Trennung von Ralf natürlich, von dem auch Marie nicht viel sprach, denn zu wichtig war der kleine Kosmos, in dem sie selber, Andrea und Marie, Sonne und Mond waren. Und Celine vielleicht die Erde.

Als sie sich müde und ein bisschen betrunken trennten, war alles wieder wie vorher. Und sie hatten die Adressen und Telefonnummern. Jetzt konnten sie einander nicht mehr verloren gehen.

Andrea hatte sogar regelrecht vergessen, was eigentlich zwischen ihr und Marie stehen musste. Und eigentlich stand es auch nicht mehr zwischen ihnen. Es war längst vorbei und vergessen. Na, vergessen vielleicht nicht gerade, aber verschlossen, ad acta, überlebt. Was jetzt zählte, war die Freundschaft.

Nur der Gedanke, dass sie unweigerlich Ralf begegnen würde, machte ihr die Brust eng und den Atem klein. Aber auch das würde sie schaffen. Sie musste es einfach schaffen. Und es musste ja nicht gleich in den nächsten Tagen sein.

*

Marie hatte ihre Notizen wieder ausgegraben und entwarf Andreas Haus. Es fiel ihr leicht, aus all den Ideen, die sie so lange nur im Kopf hin und her gewendet hatte, das kleine, hübsche Ensemble zusammenzufügen, das diesem unvergleichlichen Platz und Andreas Bedürfnissen angemessen wäre. Sie hatte Vorder-, Rück- und Seitenansicht, eine Draufsicht und einen Plan des Dachgeschosses auf Millimeterpapier fertig und strichelte jetzt an den Bäumen und Büschen herum, die sie immer zuletzt, bauhausartig stilisiert, um die Objekte gruppierte. Das war ein hübsches Haus. Es würde Andrea gefallen. Sie lehnte sich zufrieden zurück.

Am schönsten wäre es, ihr ein Modell zu überreichen. Ein richtiges Ding. Ein Geschenk zum Anfassen. Die Pläne allein waren zu wenig konkret. Marie fiel der Modellbauer, dieser Schulfreund von Ralf ein, mit dem sie schon seit langem mal zusammenarbeiten wollte. Das Büro hatte seinen eigenen, mit dessen Arbeit sie nie so recht zufrieden war. Hier war die Gelegenheit, diesen Schnittling mal auszuprobieren.

»Ralf«, rief sie so laut, dass es durchs ganze Haus hörbar sein musste, aber er stand eine Sekunde später in der Tür zu ihrem Arbeitszimmer, im Jackett und auf dem Sprung, aus dem Haus zu gehen. Wo hatte er noch mal hingehen wollen? Er hatte es ihr gesagt, aber sie hatte es entweder gleich nicht gehört oder schon wieder vergessen.

»Du schreist, als würd ich im Westflügel wohnen.«

»Ralf, hast du die Adresse von deinem Kumpel Schnittling? Ich will ein Modell von ihm.«

»Im Adressbuch. Ich hol sie dir.«

»Nein, lass. Ich wollt's nur wissen. Ich ruf ihn vielleicht morgen an.«

»Was wird das?«, fragte Ralf mit einem Blick auf die Zeichnungen, die auf Maries Lichttisch ausgebreitet lagen.

»Ein Haus für Andrea.« Marie lehnte sich zurück, damit er in Ruhe ihre Arbeit würdigen konnte. Aber dafür schien er keine Zeit zu haben, er sah nur flüchtig auf die Blätter und nickte.

»Ihr müsst euch unbedingt kennen lernen«, sagte Marie, »sie wird dir gefallen.«

»Hm, ich muss los.«

Als die letzten Bäumchen fertig schraffiert waren, fühlte sich Marie so zufrieden und voller Elan, dass sie beschloss, diesen Schnittling doch gleich anzurufen. Vielleicht konnte sie ihm morgen schon die Pläne bringen. Umso früher könnte sie Andrea das Modell überreichen. Sie freute sich schon jetzt auf den Moment und sehnte ihn regelrecht herbei. Nun, da sie Andrea wiedergefunden hatte, spürte sie erst recht und wie durch eine Lupe, wie sehr sie sich diese Freundschaft gewünscht, und wie sehr sie deren Verlust enttäuscht, gelähmt und deprimiert hatte.

Ralfs Zimmer nahm sich gegenüber dem Rest des Hauses aus wie das kreolische Adoptivkind einer schwedischen Familie. Marie hatte sich mit ihrer klaren, materialbewussten Linie überall durchgesetzt und eine helle, weiche, aus Licht und Körpern komponierte Stimmung geschaffen, aber hier, in diesem Raum hatte sie nichts auszurichten vermocht und schnell gelernt, sich mit Vorschlägen für die Einrichtung zurückzuhalten. Jetzt betrat man eine andere

Welt mit dem Öffnen der Tür zu Ralfs Allerheiligstem, und inzwischen hatte sie es gern, hier hereinzuschneien, auch wenn sie das normalerweise während Ralfs Abwesenheit vermied.

Diese verschattete, von Büchern, Antiquitäten und schweren Textilien geprägte Wärme passte gut zu ihm. Auch wenn er nicht darauf geachtet hatte, die Möbel so zu gruppieren, dass sie eine sinnvolle Komposition ergaben, war durch ihre schiere Vielzahl, Unterschiedlichkeit und Originalität ein charmantes Ensemble voller Behaglichkeit entstanden. Das Studierzimmer eines Gelehrten und Sammlers, dem es genügte, die Dinge zu lieben, die er um sich hatte, ohne dass er sich ästhetischen Grenzen unterwarf. Wir sind so verschieden, dachte Marie, ein Wunder eigentlich, dass wir so gut zusammenpassen.

Seine Aktentasche stand an den alten Nussbaumschreibtisch gelehnt, und Marie ging in die Hocke, ohne den Blick erst kontrollierend durch den Raum schweifen zu lassen, denn sie wusste, dann würde der Impuls, hier ein Ding und dort ein Buch zurechtzurücken, unbeherrschbar sein. Und wenn sie sich dazu in der Vergangenheit hatte hinreißen lassen, war Ralf stocksauer gewesen. Zu Recht, wie sie sich selber zugab. Sie hatte immerhin den Rest des Hauses unter ihrer ästhetischen Fuchtel, da brauchte sie nicht auch noch hier in seiner dunklen Höhle herumzuräumen.

Das Adressbuch steckte in einer Seitentasche. Sie nahm es heraus und schlug es auf.

*

Ich hätte nicht Auto fahren sollen, dachte Ralf, als er das Quietschen seiner Reifen am Rinnstein hörte, hab schon besser eingeparkt mit weniger Rotwein in den Adern. Na ja, es war ja gutgegangen. So müde wie er war, wollte er nur noch eins: ins Bett fallen. Am liebsten in den Kleidern, aber die Zeiten, in denen er sich das erlaubt hätte, waren seit Jahren vorbei, und so betrunken war er auch nicht.

Das Haus war schon dunkel, nur aus seinem Arbeitszimmer fiel noch ein Streifen Licht auf den Flur. Hatte er vergessen, es auszumachen? War nicht noch Tag gewesen, als er aus dem Haus gegangen war? Er stieß die Tür auf und wollte die Hand auf den Lichtschalter legen, da bot sich ihm ein Anblick, der sich nur in Zeitlupe, Detail für Detail, in seinem Gehirn abbilden wollte:

Die Schubladen aus seinem Schreibtisch gerissen, ihr Inhalt auf dem Boden verteilt, seine Aktentasche umgedreht und ausgeleert, Bücher aus den Regalen gezogen, Ordner geöffnet und übereinandergeworfen, Briefe verstreut, und inmitten dieser Verwüstung Marie im Schneidersitz auf dem Boden. Sie starrte ihn mit leeren Augen an.

»A. Schnitzler.«

»Was?« Ralf hatte das Gefühl für seinen Körper verloren. Er bestand nur noch aus kaltem Schrecken.

»Wer ist A. Schnitzler?« Marie deutete auf eine Eintragung in seinem Adressbuch.

»Ach Schnitzler, ein Kund ...« Er wusste selber, dass es idiotisch war, was er da automatisch heraussprudelte, nur um für Sekundenbruchteile die Erkenntnis hinauszuschieben: die Katastrophe war da.

Er verstummte und sah seine Frau an mit Augen, die vermutlich ebenso leer waren wie ihre.

Marie stand auf, fegte, ohne hinzusehen, mit dem linken Arm alles Erreichbare vom Schreibtisch, schob eine ganze Reihe Bücher aus dem Regal, sodass sie knallend und polternd zu Boden fielen und ging dann an ihm vorbei aus dem Raum. Er trat zur Seite und hörte direkt neben seinem Ohr, wie sie leise und konzentriert, so als denke sie den Satz nur, sagte: »Das ist so widerlich.«

Langsam sank Ralf in die Hocke, wollte sich am Türpfosten heruntergleiten lassen, aber er riss sich zusammen, stieß sich ab und begann, das Zimmer aufzuräumen.

*

Es war wie ein Blitz gewesen, der mit einem einzigen grellen Schlag alle Geräusche, Gefühle und Gedanken ausgelöscht hatte. Marie hatte schon die ersten beiden Ziffern der Telefonnummer von diesem Benno Schnittling gewählt, da war ihr Blick eine Zeile tiefer gerutscht und hatte den Eintrag »A. Schnitzler« entdeckt. Erst lange, vielleicht Sekunden, vielleicht Minuten danach hatte sie im Flur ihre Tasche geholt und das herausgerissene Stückchen Papier mit Andreas Telefonnummer hervorgezogen, aber nur, um zu sehen, was sie ohnehin schon wusste: die Nummer war identisch.

Das Erste, was sie danach wieder fühlte, war ihr Atem, der es nicht schaffte, weiter als bis zum Zwerchfell in ihren Körper einzudringen, und dann waren die Gedanken in ihrem Kopf wieder beweglich, und sie fügten sich einer zum andern:

Der sexbesessene Liebhaber, den Andrea nicht finden konnte, in ihrem Dorf hatte sie nach ihm gesucht, kein Wunder, dass er verschollen war, er lag ja im Krankenhaus; ihr überstürzter Aufbruch, nachdem sie Ralfs Namen und Beruf erfahren hatte, Ralfs Verstummen im Krankenhaus, als er Andreas Namen hörte: es passte so gut, so perfekt, es war alles wie aus einem Schmachtfetzen von Courths Mahler.

Um sich der gleißenden Leere, die sie in sich und um sich spürte, nicht vollkommen auszuliefern, zerriss Marie die Pläne und stopfte sie in den Papierkorb. Dann griff sie zum Telefon, nahm den Hörer ab und wählte.

*

Wie immer, wenn das Telefon nachts klingelte, erschrak Andrea. Sie hatte noch nicht geschlafen, aber ihr Herz raste, als wäre sie von einem Knall geweckt worden. Sie beeilte sich, abzunehmen und hörte erleichtert Maries Stimme. »Marie? Was ist los?«

Schweigen am anderen Ende der Leitung, gerade so lang, dass alle Erleichterung sich wieder verflüchtigen konnte, und dann der Satz: »Ich will dir nur sagen, dass ich es weiß.«

Jetzt schwieg Andrea. Und sie hatte sogar noch Zeit, zu begreifen, dass sie den Schock mit stoischer Ruhe hinnahm, denn das, was jetzt geschah, hatte sie in Gedanken schon unzählige Male vorweggenommen, diesen Schmerz hatte sie schon hinter sich. Vorläufig. Dann kam wieder Maries Stimme in kontrollierter Kälte aus dem Hörer: »Das ist alles.« Und dann das Klicken des Auflegens.

Andrea wusste nicht, wie lang sie so dagestanden hatte, den Hörer in der Hand und den Blick durch die Tapete nach nirgendwo gerichtet, da tauchte Celine in der Tür auf und schien mit einem Blick zu erfassen, dass etwas Schlimmes passiert war, denn sie nahm behutsam den Hörer aus Andreas Hand, legte ihn auf und fragte: »Was ist?«

»Nein«, sagte Andrea und spürte, dass ihr Tränen übers Gesicht liefen. Die stoische Ruhe hatte nur für die Dauer des Telefongesprächs vorgehalten, jetzt empfand sie eine Art Ekel und Ermattung, ein diffuses, über den ganzen Körper verteiltes Elend.

»Doch«, sagte Celine ruhig und zog ihre Mutter mit zartem aber festem Griff zum nächsten Stuhl. »Es muss doch sowieso raus. Kannst es auch gleich sagen.«

Andrea schwieg.

»Los, ich zähl auf drei.« Aber Celine zählte nicht. Sie wartete geduldig.

»Mama. Ich weiß doch, worum es geht. Liebeskummer. Mach einfach den Mund auf und fang an.«

»Ich hab was Furchtbares angerichtet«, sagte Andrea leise.

»Eine Affäre?«

»Keine Affäre, eine Liebe.«

»Das ist für sich ja noch nicht furchtbar.«

»Mit ...« Andrea verstummte. Sie brauchte extra Kraft für die nächsten beiden Worte: »Maries Mann.«

Celine atmete tief und langsam ein. Dann nahm sie ihre Mutter vorsichtig in die Arme und begann, sie mit den Fingerspitzen am Rücken zu streicheln. Lange, langsam und geduldig, bis die Tränen endlich so flossen, wie es notwendig und dem Unglück angemessen war.

*

Dieses Schweigen war unerträglich. Dabei war Schweigen am Frühstückstisch zwischen Ralf und Marie nichts Neues, schon seit Jahren war es der Normalzustand, aber nicht dieses Schweigen. Dieses Schweigen brüllte.

»Soll ich ausziehen?«, fragte Ralf scheu, und Marie antwortete, wie aus der Pistole geschossen, leise und ohne ihn anzusehen: »Was sollte das ändern?«

Sie fror vom Klang ihrer eigenen Stimme. Ist das jetzt typisch Mann oder typisch Ralf, dachte sie, beim ersten Anzeichen von Schwierigkeiten sofort die Flucht zu ergreifen. Es ist auf jeden Fall typisch feige.

»Ich will noch was loswerden«, sagte Ralf, ohne sich von Maries Kälte entmutigen zu lassen. Er hatte die halbe Nacht darüber nachgedacht und wusste, dies musste er ihr sagen. Auch wenn der Rest in Schweigen versänke, diesen Satz musste sie noch hören. »Ich will, dass du weißt, es war Schluss, bevor du es entdeckt hast. Lange vorher.«

»Ich schlag dich fürs Bundesverdienstkreuz vor.«

Auf die Verachtung in ihrem Tonfall hätte Ralf in jedem anderen Moment mit einem Ausbruch unkontrollierbarer Wut reagiert. Aber jetzt schwieg er und sah sie an. Sie atmete tief ein.

»Ich fühl mich so dermaßen verarscht von dir, weißt du das …?«

Er brauchte nicht zu nicken. Diese Frage wollte keine Antwort.

»… du interessierst dich nicht für meine Arbeit, gut, ist normal, ich kann damit leben. Du hast nie Zeit, wenn ich Zeit habe, du versteckst dein Gesicht in irgendeinem Buch, wann immer ich … ach, ist ja egal, wir sind ein altes Ehepaar, das ist dann wohl so. Ich kann damit leben. Aber dass du meine Annäherungsversuche geflissentlich übersiehst, um dir die Potenz für deine Sonntagsliebe zu sparen, für eine, die dich noch nie kritisiert hat, das ist … so billig. Peinlich ist das. Zum Kotzen peinlich.«

»Es geht doch nicht um …«, Ralf unterbrach sich und fing den Satz noch einmal an. »Es tut mir wirklich Leid. Aber darum geht's doch nicht.«

»Meinst du, du bist so toll, wie sie dich findet?«

In Maries Augen schimmerten Tränen, aber Ralf tat so, als bemerke er sie nicht, denn er wusste, das war das Letzte, was er sehen sollte. Und tatsächlich, als wolle sie davon ablenken, fasste Marie nach ihrer Gabel, warf sie vehement auf den Teller, griff nach ihren Papieren und stand auf. Und nichts fiel ihr diesmal aus der Hand.

5

Und wieder vergingen die Wochen in paralysierter Routine, und jeder redete sich Stress und Wichtigkeit ein, alles war dringend, musste gleich getan, verstanden, auf den Weg gebracht oder abgelegt werden – der Alltag mit seinen vielen Aufgaben sollte schützen vor dem Absturz in Verzweiflung, aber natürlich war er selbst diese Verzweiflung. So, genau so, sah Verzweiflung aus: Aktivität außen, Lähmung innen; nervöse Erregung als Hülle für eine dunkle Leere, in der sich noch der kleinste Seufzer zur unerträglich lauten Kakophonie aufschwang. Marie fand sich noch am besten zurecht, denn sie hatte, zumindest zeitweise, ihre Wut, aus der sie die aufputschende Energie zerstörerischer Fantasien zog. Aber Andrea und Ralf fielen wie in einem Albtraum immer tiefer, immer weiter ins Leere. Und ganz unterschiedlich, Andrea resigniert und Ralf voller Sarkasmus, aber doch im Fazit übereinstimmend, empfanden sie beide die Banalität ihres Daseins als eine Art Preis für die vorher versuchte und gescheiterte Flucht in eine Liebe, die sie vor eben dieser Banalität hatte schützen sollen.

Jeder auf seine Weise vergruben sie sich im Schmerz. Ralf wurde ungeduldig mit seinen Kunden und Mitarbeitern, floh immer öfter nach draußen in die Kolonnaden, um dort die vor ihm ausgebreiteten und aufgeschlagenen Verlagsvorschauen genauso wenig zu lesen wie im Laden, während der Kaffee vor ihm langsam kalt wurde. Andrea ertappte sich selbst, oder, was noch schlimmer war, wurde von ihren Schülern immer öfter ertappt, beim sekundenlangen Sinnieren mitten im Unterricht, mitten im Satz, und Marie warf mehr Skizzen als je zerknüllt oder zerrissen in den Papierkorb. So unkonzentriert und ineffektiv hatte sie noch nie gearbeitet. Aber vielleicht schob sie durch die zusätzliche Anstrengung, die sie sich dadurch aufhalste, auch das Nachhausegehen auf, denn dort herrschten Düsterkeit und Schweigen, und die wenigen viel zu höflichen Worte, die sie mit Ralf wechselte, bargen Risiken und Fallen. Von einer Sekunde zur anderen konnten alle Bitterkeit und Wut wieder aus ihr hervorbrechen, und das wollte sie nicht. Nicht mehr.

*

Celine legte ihre Schultasche ab und gab der Tür hinter sich einen Tritt. Sie ging geradewegs zu Andreas Atelier, denn sie war fest entschlossen, ihre Mutter festzunageln. Jetzt oder nie. Wochenlang hatte sie sich diese selbstzerstörerische Stimmung ihrer Mutter mitangesehen. Jetzt musste Schluss damit sein. So ging es nicht weiter.

»Hallo Celine«, sagte Andrea, die sich gerade mit skeptischem Blick über eine Gouache beugte, der sie die richtige Proportion nicht hatte verleihen können. Sie hob die Schultern und ließ das Blatt zu Boden fallen.

»Mama, wie lang hängst du jetzt schon so rum? Sechs Wochen? Sieben?«

»Weiß nicht«, sagte Andrea und dehnte ihre verkrampfte Nackenmuskulatur, »sieben. Ist doch egal.«

»Willst du dich immer weiter schämen?« Du hast noch nicht mal was falsch gemacht. Du kannst überhaupt nichts dafür.«

Andrea sah ihre Tochter mit einem dunklen Blick an. »Ich denk immer dran, wie Marie sich fühlen muss«, sie wandte den Blick zum Fenster, »ich hatte zum ersten Mal eine Freundin«, und wieder zu Celine, »und dann betrüge ich sie.«

»Es war andersrum«, sagte Celine ruhig.

»Was?«

»Es war genau andersrum. Als du was mit ihrem Mann hattest, kanntest du sie nicht, und als sie deine Freundin war, hast du Schluss gemacht. Du hast dich gut verhalten.«

»Was soll das ändern? Sie muss mich hassen.«

»Glaubst du, sie ist so spießig?«

»Was verstehst denn du davon«, schnappte Andrea in viel zu scharfem Ton. »Ich würde sie hassen, wenn sie was mit meinem Mann hätte.«

Celine ließ sich von der Aggressivität ihrer Mutter nicht beirren. »Ach Mama«, sagte sie ruhig, »das ist Quatsch. Du verrennst dich. In Wirklichkeit ist eine Art Unglück passiert, und du stellst dich an, als wolltest du nie mehr drüber wegkommen.«

»Ich will drüber wegkommen«, sagte Andrea leise, und Celine ging zum Telefon, nahm den Hörer ab und hielt ihn ihrer Mutter auffordernd hin: »Dann ruf sie an.«

Andrea machte eine abwehrende Geste und wandte sich wieder dem Fenster zu.

»Bitte.« Celine hielt den Hörer noch immer ihrer Mutter entgegen.

»Nein.«

*

Marie schloss das Fenster, denn der Wind blies alles im Büro durcheinander. Inzwischen hatte sie begonnen, diese einsamen Abendstunden zu lieben, in denen sie den ganzen Trakt für sich allein hatte. Keiner ihrer Kollegen störte sie mit Fragen, lauten Telefonaten oder all den persönlichen Marotten, die nun mal der Preis für die kreative Atmosphäre eines Gemeinschaftsbüros waren. Sie hatte sich wieder gefangen, arbeitete konzentriert und zielstrebig und kam mit dem Anbau einer Fabrikhalle viel schneller voran als tagsüber. Hatte diese eheliche Einsamkeit also doch etwas Gutes.

Der Wind warf Blätter und kleine Äste gegen die Fenster, und Marie sah dem Treiben zu, als das Telefon klingelte und sie, ohne auf den Apparat zu schauen, abnahm. »Hallo?« sagte sie, den Blick noch immer nach draußen gerichtet, aber sie sah nichts mehr, als sie die Stimme am anderen Ende erkannte.

»Hallo Marie, ich bin's.«

Das war Andrea!

Einem ersten Impuls folgend, wollte Marie den Hörer sofort wieder auflegen, aber sie zögerte einen Sekundenbruchteil zu lange und nahm ihn wieder ans Ohr. »Was willst du?«

»Sprich nicht so mit mir«, sagte Andrea, »es ist nicht so einfach.«

»Für dich?«

»Bist du zu wütend, um zu reden?«

Damit traf sie den Nagel auf den Kopf. »Wut ist gar kein Ausdruck«, legte Marie los, »wie kannst du glauben, du könntest einfach hier anrufen, nachdem du …«

Scharf und bestimmt unterbrach Andrea den ungehemmten Wortschwall: »Dann hör wenigstens zu.«

Marie schwieg.

»Ich will mich nicht abfinden damit, dass ich den …«, sie brauchte Zeit für die Formulierung, »… Freund verloren habe und die Freundin gleich mit. Hör mich wenigstens an. Es muss ja nicht gleich übermorgen sein, ich …«

Marie schwieg.

»Bist du noch da?«

Marie schwieg.

»Es war so toll, dich kennen zu lernen. Es war was Neues in meinem Leben. Kannst du darüber nachdenken?«

Marie schwieg.

»Ich hatte noch nie 'ne Freundin.«

Marie schwieg. Bis sie hörte, dass Andrea nach den Worten »Ich melde mich wieder« aufgelegt hatte. Dann legte auch sie auf. Aber so behutsam, als hätte sich der Hörer in ein rohes Ei verwandelt.

Ganz in Gedanken wischte sie die Krümel weg, die der Radiergummi auf ihrer Zeichnung hinterlassen hatte. Dann hielt sie das Blatt eine Zeit lang in der Hand, legte es auf den Tisch zurück, ging zum Planschrank am anderen Ende des Raumes und zog die dritte Schublade auf. Sie starrte in die Schublade, biss sich dabei abwesend auf die Unterlippe und betrachtete die einmal in der Mitte durchgerissene Zeichnung von Andreas Haus. Den Wind, der, inzwischen zum Sturm angewachsen, eine halb losgerissene Markise traktierte und immer bedrohlichere Ausmaße annahm, bemerkte sie nicht mehr. Sie schob die Schublade wieder zu.

*

Gelangweilt und müde schlurften die älteren Schüler mit ihren leeren, blasierten oder erleichterten Gesichtern die große Treppe zur Eingangshalle des alten Schulhauses hinunter. Zwischen ihnen flitzten und purzelten die jüngeren mit schrillem Gejohle in halsbrecherischem Zickzack ihrer Mittagspausenfreiheit entgegen. Andrea ging nachdenklich und langsam, von keinem der Wildlinge angerempelt, Stufe für Stufe nach unten. Sie war müde.

Zehn Tage waren vergangen seit ihrem Anruf bei Marie, und wenn sie konsequent sein wollte, dann musste sie sich wieder bei ihr melden. Heute oder morgen. Sie fand, sie sei es sich selber schuldig, ihrer Freundschaft noch diese Chance zu geben. Auch wenn Marie nur geschwiegen und dieses Schweigen durch den Telefonhörer vor Ablehnung geradezu geklirrt hatte. Ich melde mich wieder, hatte Andrea gesagt. Und das würde sie tun. Spätestens übermorgen. Und wenn Marie dann immer noch so weiter schweigen wollte, dann wäre es das eben gewesen. Dann konnte sie ihr gestohlen bleiben.

Als Andrea ihren Wagen aufschloss, die Mappe auf den Beifahrersitz warf und sich überlegte, ob sie die eben angezündete Zigarette ausmachen oder auf der Fahrt weiter rauchen sollte, hörte sie das Öffnen einer

Autotür und wandte den Kopf. Da stand Marie. Sie nahm etwas vom Sitz ihres Cabriolets.

»Du musst noch entscheiden, ob du lieber Terrakottaböden willst«, sagte sie mit einem schüchternen Lächeln und deutete auf das Modell in ihrer Hand, »oder Dielen. Und beim Kamin kommt es auch noch drauf an, ob du nur mit Holz heizen willst oder auch mit Öl. Oder Strom.« Marie war bis auf drei Schritte Abstand herangekommen, und Andrea konnte das Modell ansehen. Ein fertiges kleines Haus aus Balsaholz und Styropor.

»Würde ich aber nicht empfehlen«, sprach Marie weiter, »weil, bei dieser Dachfläche müsstest du entweder Strom dazukaufen oder eine kleine Solarplantage irgendwo neben dem Haus einrichten. Und das verschandelt dir die Aussicht.« Jetzt schwieg sie, als reiche ihr Mut nicht weiter, aber gleichzeitig streckte sie, stolz wie ein kleines Mädchen sein selbst gebasteltes Geschenk, Andrea das Modell hin.

Nur kurz zögerte Andrea, dann nahm sie das Ding behutsam in die Hände und betrachtete es. Es war wunderschön. Ein Spielzeug.

Man hätte sich einbilden können, die Blicke zu hören, die Andrea von allen Seiten auf das Haus warf, indem sie es in ihren Händen drehte, sich darunter beugte und es bis auf Hüfthöhe senkte, um das Dach zu studieren, so still war es um die beiden Frauen, und so entfernt und undeutlich klangen die allmählich abebbenden Geräusche der Schule.

»Ich hatte auch noch nie ’ne Freundin«, sagte Marie leise.

6

Wann hatte sich zum letzten Mal in ihrem Leben so schnell so viel verändert? Andrea staunte über sich selbst. Das Tempo, in dem sie vier Monate Urlaub ohne Bezüge nach den Ferien durchgeboxt, einen Kredit über hundertvierzigtausend Mark aufgenommen und in Frankreich die Baugenehmigung erreicht hatte, war atemberaubend. Knapp sechs Wochen hatte sie für all das gebraucht, und nur zweimal in dieser Zeit hatte sie von Celines Begeisterung für den Neuanfang aus ihrer altbekannten Zaghaftigkeit geschubst werden müssen. Für Celine barg die Aussicht, fast ein halbes Jahr allein in der Wohnung zu sein, überhaupt keinen Schrecken. Sie würde sooft es ging nach Südfrankreich kommen und helfen. Drei Wochen in den Sommerferien und die ganzen Herbstferien über. Da musste schon viel schief gehen, wenn das Haus nicht bis Ende Oktober stünde.

Es war so was wie ein Wunder. Marie und sie waren zumindest gewillt, aber vielleicht auch in der Lage, ihre Freundschaft über das andere zu stellen, und das ohne »klärendes« Gespräch. Einfach so. In stillschweigender Übereinkunft blieb Ralf außerhalb ihrer Unternehmungen und Pläne und lebte irgendwo auf seinem eigenen Stern in einem anderen All sein Leben.

Wenn diese Freundschaft eine Chance haben sollte,

dann musste sie auf eigenem Terrain entstehen. Ohne »Aufarbeiten« oder ähnlichen Krampf, der nur dazu führen würde, dass man die andere verantwortlich machte für den eigenen Schmerz.

Andrea fühlte sich nicht als Verräterin Ralf gegenüber. Sie hatte sich von ihm getrennt. Lange her. Und alles, was er in ihren Gedanken und Erinnerungen war, würde er auch bleiben. Aber eben nur noch dort.

7

Marie war geflogen, hatte die anliegenden Behördengänge erledigt und sich mit dem Bauunternehmer, der für Aushub und Fundament engagiert war, auf den nächsten Montag als Termin geeinigt. Andrea war gefahren, weil sie den Wagen dort brauchen würde. Sie hatte sich eingerichtet in dem eigens von Marie für sie freigeräumten Zimmer, hatte mit einer Mischung aus Erleichterung und Scham bemerkt, dass nahezu alle Spuren von Ralf aus dem Haus verschwunden waren – kein Hemd mehr im Schrank, keine Zahnbürste im Bad und kein Hut mehr auf dem Haken lenkte ihre Gedanken auf ihn. Aber natürlich waren die Bücher, die Bilder, die von ihm auf dem Flohmarkt eroberten Trouvaillen noch da, denn Marie hatte ihn nicht ausradieren wollen, sondern nur versucht, Steine des Anstoßes zu entfernen. Sie wollte Ralf nicht vergessen. Nicht mehr. Aber dass sie ihn jetzt für einige Zeit nicht sehen würde, war ihr recht.

*

Mit Pflöcken und Bändern hatte Marie die Umrisse des zukünftigen Hauses markiert, das Gelände war von Steinen fast freigeräumt, gerade warf Andrea die letzten beiden auf den Haufen am Rande des Grundstücks.

»Sag mal«, sagte Marie und fasste sich ins Kreuz dabei, »könnten wir was vereinbaren?«

»Was?«

»Wir reden nicht über Ralf.«

»Wen?« Andrea rieb sich die Schweißtropfen vom Arm.

Marie lächelte. »Lass uns gehen, ich brauch 'ne Dusche.«

✱

Der Abendhimmel spiegelte sich in der Karaffe mit Rotwein, die zwischen ihnen auf dem Balkontischchen stand. So was hätte ich zu Unizeiten gemalt, dachte Andrea, als ich noch für Dalí, de Chirico und Dürer geschwärmt habe. Und für den Professor. Sie warf einen Blick auf Marie, die sich mit geschlossenen Augen in der letzten Wärme des Tages räkelte. »Du siehst schön aus«, sagte sie.

Eher sich selbst als Andrea antwortete Marie: »Wenn ich nur was gegen das Älterwerden tun könnte.«

»Ich kann«, sagte Andrea und stand auf. »Warte.«

Sie ging ins Haus und kam nach kurzer Zeit wieder, einen Zeichenblock, Rötelstift und Kohle in der Hand. Dann setzte sie sich auf die Brüstung, sagte »Bleib so« und begann, die Augen zu schmalen Schlitzen verengt, mit schnellen, vagen Strichen, dann immer genauer und langsamer, ein Porträt zu skizzieren. »Ich halte dich für die Ewigkeit fest.«

»Das wär vor zehn Jahren vielleicht lohnender gewesen.«

»Quatsch. Du bist eine schöne Frau.«

»Und wieso merkt Ral …«, Marie biss sich auf die von einem schüchternen, mädchenhaften und schuldbewussten Lächeln ganz leicht verzogenen Lippen.

Andrea hob den Zeigefinger in die Luft, als sie Maries fragenden Blick sah und ließ den Zeichenblock für einen Augenblick sinken.

»Warte mal.« Marie setzte sich auf. Sie legte die Arme überkreuz an ihr T-Shirt und zog es sich über den Kopf. »Ich hab eine Idee. Du bist Gauguin und ich …«

»Das dunkelhäutige Mädchen«, sagte Andrea lächelnd, schlug ein neues Blatt auf und wartete gelassen ab, bis Marie sich vollständig ausgezogen hatte. »Gut. Setz dich ganz grade hin. Die Schenkel aneinander, die Unterarme auf die Stuhllehne, ganz aufrecht. Und schau mir in die Augen.«

Marie gehorchte und sah mit ernstem Blick auf Andreas Gesicht, als erwarte sie dort irgendeine Art von Zustimmung oder Unterstützung. Aber Andrea kam es nicht in den Sinn, solche Signale auszusenden. Nacktheit war ihr selbstverständlich, der klare, forschende Blick auf jedes Detail eines Körpers nichts Neues. Sie dachte nicht daran, dass Marie sich in eine ungewöhnliche Lage gebracht haben könnte, sondern tastete sich schon wieder mit zuerst weichen, suchenden Linien, dann schärfer und präziser an die Konturen, dann an die Schatten, Rundungen und Falten des nackten Körpers vor ihr heran.

Das ist es, dachte Marie, so konzentriert und anwesend war ich noch nie in meinem Leben. Nicht beim Sex und nicht bei der Arbeit. Ich bin mir meines Körpers, meiner Umrisse und meiner ungeschützten

Nacktheit bewusst und spüre mich in jedem Quadrat- oder Kubikzentimeter meiner selbst. Sie spürte, wie die nachlassende Wärme der Sonne ihre Haut zusammenzog, sie spürte Andreas analysierende Blicke auf sich und spürte, das war das Seltsamste daran, sich entstehen auf dem Blatt, obwohl sie das nicht sah. Es war wunderbar. Das hab ich gesucht, dachte sie, das hab ich seit Jahren gesucht. So ausschließlich und vollständig im Blick eines anderen Menschen zu existieren.

»Du denkst«, sagte Andrea, »entspann dich.«

»Ich konzentriere mich.«

»Das geht auch ohne Krampf.«

Eine Zeit lang war wieder nur das Stricheln der Kreiden zu hören, bis Andrea den Block ablegte und sagte: »Jetzt ist das Licht weg. Morgen weiter.«

Am liebsten wäre Marie jetzt nackt ins Auto gestiegen, ans Meer gefahren und hinausgeschwommen, aber als Andrea zu zeichnen aufgehört hatte, zog sie sich mit einem Anflug von Bedauern wieder an. Ich bin eine Exhibitionistin, dachte sie und legte eine Schale über die andere um sich und ihre Haut. Aber eine mit Stil.

Andrea schlug den Block zu.

»Zeigst du's mir nicht?«, fragte Marie enttäuscht.

»Erst fertig. Jetzt ist noch zu früh. Wird aber gut, glaub ich.«

*

Am nächsten Morgen schlurfte Andrea verschlafen durchs Haus und konnte Marie nirgends finden. Sie wollte sich schon in der Küche umsehen, nach Tee oder Kaffee suchen und irgendwas zum Essen, da sah sie aus dem Fenster, dass der Tisch auf der Terrasse gedeckt war. Sie ging nach draußen, setzte sich und studierte das Angebot, als sie eine Autotür zuschlagen hörte und kurz darauf Maries Schritte auf dem Kiesweg zum Haus.

»Guten Morgen«, sagte Marie und legte ein Baguette und ein Päckchen auf den Tisch, leerte eine Tüte Croissants in das bereitstehende Körbchen und setzte sich. Dann nahm sie das Päckchen und gab es Andrea. »Hier.«

»Was ist das?«

»Mach auf.«

»Für mich?«

»Na klar, mach auf.«

Aus der Verpackung erschien eine Kamera. Klein, teuer, mit Zoomfunktion und abschaltbarer Blitzautomatik. Andrea drehte sie in der Hand und sah sie an.

»Zur Motivsuche«, sagte Marie, »und zur Dokumentation deines Hausbaus, und gegen ...«

»Das Älterwerden?«

»Du bist ein kluges Mädchen.«

Andrea nahm die Kamera hoch und wollte einen Schnappschuss von Marie machen, aber die hielt sofort eine Hand vors Gesicht und die andere am aus-gestreckten Arm vor die Linse. »Aber nein«, sagte sie energisch, »spinnst du? Nicht vor zwölf Uhr mittags.«

Lächelnd legte Andrea die Kamera neben ihren Teller. »Danke«, sagte sie und nahm sich ein Croissant aus dem Korb.

Das teure Geschenk hatte eine kleine Verlegenheit entstehen lassen, und sie schwiegen beide und hörten dem Knirschen des Essens in ihren Mündern zu. Und als sei die Nähe, die für einen kurzen Moment durch Maries impulsive Geste entstanden war, ein riskanter Zustand, der durch Zurückweichen wieder relativiert werden müsse, sprudelte Marie nach einiger Zeit leise, scheinbar beiläufig, aber doch mit atemloser Nervosität hervor: »Und wie habt ihr's dann immer gemacht?«

Schnell, scharf und kurz wie ein Biss in die Luft kam Andreas Nachfrage: »Was?«

Und als könne sie den Gedankengang jetzt nicht mehr stoppen, fahre aber gegen ihren eigenen Willen fort, sagte Marie mit einem entschuldigenden Schulterzucken: »Dein sexbesessener Liebhaber und du. Vielleicht kann ich ja noch was lernen.«

Maries Tonfall war so bitter geworden, dass Andrea sich von ihrem Verteidigungsimpuls zu lösen vermochte. Die Traurigkeit in Maries Stimme überwog alles Aggressive, das die Fragestellung beinhalten mochte. Geduldig und ernst antwortete Andrea: »Willst du Einzelheiten hören? Das willst du doch nicht.«

»Woher weißt denn du das?« Marie konnte sich nicht bremsen. Sie musste den quälenden Dialog fortsetzen.

»Das wäre Futter für deine Albträume. Jedes Bild ein Schlag in die Magengrube. Das willst du nicht wissen.«

»Ich hab dich gefragt, dann will ich's auch wissen.«

»Gut«, sagte Andrea, und jetzt klang ihre Stimme hart. »Er ist ein fantastischer Liebhaber. Vielleicht ist das ja 'ne Neuigkeit.«

Jetzt war das Schweigen Teil einer Starre, die sie beide erfasst hatte. Sie saßen und warteten, lauschten den Worten hinterher in der Hoffnung, sie würden leiser und verschwänden, wenn man sich nur nicht bewegte. Maries Gesichtausdruck war glatt und leer. Kein Geräusch, außer dem Rascheln der Pappeln im Wind, dem gelegentlichen Flügelschlag oder Zwitschern eines Vogels und dem entfernten Rumoren des Dorflebens war zu hören. Marie saß in ihrem Stuhl, die Hände im Schoß, und Tränen liefen über ihr unbeteiligtes Gesicht herab.

Andrea schämte sich für ihre harsche Antwort, aber was hätte sie tun sollen? Den Aufruhr, den Maries fast boshafte Eindringlichkeit in ihr erzeugt hatte, einfach ignorieren? Das konnte sie nicht. Es dauerte einige Zeit, bis sie es über sich brachte, ihre Hand über den Tisch auszustrecken und für einen kurzen Moment auf Maries wie leblos daliegenden Arm zu legen. Nur ganz kurz, dann zog sie sich wieder zurück und sagte leise: »Es tut mir doch Leid.«

Noch leiser und wie aus einiger Entfernung kam Maries Antwort: »Ich weiß. Entschuldige.«

Völlig abwesend wischte Marie einige Krümel neben Andreas Teller vom Tisch. Sie fielen in Andreas Schoß. Aber Marie war so ausschließlich mit sich und ihrer Übersprungshandlung beschäftigt, es war so wichtig, jetzt diese Krümel vom Tisch zu entfernen, dass sie von Andreas hochgezogenen Augenbrauen und dem Lächeln auf ihrem Gesicht nichts mitbekam.

*

Den ganzen Tag und auch den folgenden gingen sie miteinander um, als sei die andere krank und müsse geschont, vor den Härten der Wirklichkeit beschützt und verwöhnt werden. Sie hatten einander und sich selbst erschreckt mit diesem kurzen Ausbruch und wollten ihre Worte und das Aufblitzen ihrer unbeherrschten Wut wieder gut machen.

Der Beginn des Baus, die anrückenden Maschinen, die Arbeiter mit ihren Witzen und Flüchen boten eine willkommene Ablenkung, obwohl Andrea auf der Baustelle nichts und Marie nur wenig zu tun hatte. Alle paar Stunden fuhren sie hin, nur um sich zu vergewissern, dass alles seinen Gang ging.

Andrea wäre gern öfter allein gewesen, sie fühlte sich tatsächlich so, als brauche sie von irgendetwas Erholung, aber Marie suchte immer wieder ihre Nähe. Sobald sich Andrea separierte, folgte ihr Marie nach wenigen Minuten mit einer Frage, einem Vorschlag oder irgendwas zu essen. Sie wollte nicht allein sein.

*

In den Nächten schliefen sie unruhig, und mehr als einmal trafen sie einander in der Küche oder auf dem Balkon, amüsiert über ihre Versuche, leise zu sein, obwohl die andere ebenso wach war.

Bei einem dieser Treffen, es war in der dritten Nacht kurz vor vier, und der Morgen dämmerte bereits, von der Nachtigall besungen und vom diffusen Licht der schmalen fast waagerecht im Himmel liegenden Mondsichel beschienen, da sagte Marie auf einmal unvermittelt in die Stille hinein: »Wenn ich noch mal davon anfange, hau mir eine runter.«

»Das werd ich nicht tun«, antwortete Andrea lächelnd.

»Dann ich eben.«

»Dir selbst oder mir?«

»Na dann wohl besser dir.«

»Wehe.«

*

»Ich zeig dir was«, sagte Marie am nächsten Nachmittag. »Hast du die Kamera mit?«

»Ja, hier.« Andrea kramte in dem geräumigen Leinensack, den sie seit einigen Tagen anstelle ihrer Tasche mit sich trug. Sie waren zur Baustelle gefahren, um ihre Handabdrücke im noch frischen Beton des Fundaments zu hinterlassen, und Marie stand an einen Stapel Schalholz gelehnt und sah zufrieden auf das Werk der kleinen Tiefbaufirma. In der nächsten Woche konnten die Maurer mit dem Hochziehen der Wände beginnen.

»Komm«, sagte Marie und ging zum Wagen, »wir fahren ein Stück.«

Sie drehten beide die Fenster auf ihrer Seite herunter, und der Fahrtwind blies ihnen die Haare ums Gesicht. Marie fuhr schnell und immer wieder andere Autos überholend auf der geraden Landstraße über den Bergrücken nach Osten. Irgendwann bog sie rechts ein, ließ den Wagen über eine kleine Brücke rollen und stellte ihn dahinter am Wegrand ab. »Wir müssen ein Stück zu Fuß«, sagte sie und schloss ab, »es ist echt versteckt.«

»Was ist es denn?«

»Siehst du gleich.«

Nach einem kurzen Fußmarsch durch verwilderten, fast unberührten Wald führte der Weg auf eine große Lichtung, die irgendwann einmal Kulturland gewesen sein musste. Alte Weinstöcke, die meisten von Wind oder Alter geknickt, reihten sich einen sanft ansteigenden Hang entlang, an dessen höchster Stelle ein verlassenes Gebäude von beeindruckendem Ausmaß das Gelände überblickte.

»Mann«, sagte Andrea und blieb stehen.

»Ist das nicht irre?«

»Was ist das? Ein Schloss mitten im Wald? Wer wollte sich denn hier verstecken?« Und jetzt sah Andrea auch die architektonische Besonderheit: ein Stilgemisch ohnegleichen. »Könnte auch ein Kloster sein. Ist das neu?«

»Ja und nein«, sagte Marie, die sich ein Steinchen aus dem Schuh klaubte und dabei mit der freien Hand an einem der wackligen Weinstöcke Halt suchte. »Aus den Dreißigerjahren. Aber alle Teile, bis auf Böden und Innenwände sind original. Der Mann hat sich alles von irgendwo zusammengekauft und hier ein Baukastenschloss daraus gebastelt. Da siehst du«, sie zeigte auf einen Turm mit schräg nach oben verlaufender Fensterreihe, »Renaissance, daneben ein Kreuzgang aus der Gotik, die Fenstersimse Barock und der ganze Nebenbau da links romanisch. Völlig irre. Architekturgeschichte von fünfhundert Jahren in einem Bau zusammengestoppelt.«

»Und nicht mal besonders geschmacklos«, warf Andrea ein, »wer war das?«

»Ein junger Amerikaner. Erbe einer Schuhfabrikantendynastie, der sich hierher zurückziehen und Wein anbauen wollte. Da, wo jetzt das Schloss steht, war vorher ein kleines Herrenhaus. Die Weinstöcke sind sehr alt.«

»Wunderschön«, sagte Andrea, »und total verrückt.«

»Na ja«, sagte Marie, »eigentlich nicht wesentlich verrückter, als die Baumeister früher selber waren. Das Gemisch aus Romanik, Gotik und Renaissance findet man auch anderswo. Nur ist es dort dann chronologisch entstanden, ein Meister nach dem anderen hat seinen Teil in seiner Zeit dazugebaut. Der hier hat einfach zusammengesammelt und komponiert, was er hatte.«

Sie betraten die Arkaden, und ihre Augen brauchten einen Moment, um sich an das Dunkel innerhalb des Gemäuers zu gewöhnen.

»Er ist gestorben, bevor er die Möbel kaufen konnte«, sagte Marie, »mit seinem Sportwagen auf der Corniche verunglückt. Irgendwo kurz vor Nizza. Seither steht es leer. Komm.« Marie zeigte in das Dunkel und führte Andrea durch die Räume. Terrakotta- und Marmorböden überall, an den Wänden eines Saals aufwendig und gut gemalte Fresken, nirgends Holz, kein Fensterrahmen, keine Bank, keine Tür und nirgends ein Stück Metall. Das ganze Schloss bestand aus Stein und Farbe. Es war nagelneu und uralt zugleich.

»Ein Disneyland aus Originalteilen«, sagte Andrea.

»Ja, wie im Märchen.«

Ihre Augen hatten sich an das Dunkel im Innern gewöhnt, und sie gingen mit großen Schritten durch die Räume. Andrea sah durch ein kleines schießschartenähnliches Fenster nach draußen. »Der Prinz fehlt«, sagte sie, »und die Kutsche und der Stall fürs weiße Pferd.«

»Wolltest du als Kind auch immer die Prinzessin sein?«

»Wer denn sonst, das Pferd?«

Maries lautes Lachen hallte in den Räumen wider und schien sich durchs ganze Gebäude fortzubewegen.

Andrea stellte sich in einen Lichtfleck und streckte ihren Arm ins Dunkel. »Das Licht hier ist fantastisch. Gold und Sepia. Der Schatten ist wie Nacht und direkt nebendran dieses weiche, gleißende Licht. Toll.« Sie drehte sich um nach Marie, denn sie wartete vergeblich auf eine Antwort. Marie deutete stattdessen auf die Kamera in Andreas Hand. Andrea verstand sofort. »Hier?«

Marie nickte, lehnte sich an die Fensterbank und kickte ihre Schuhe in den Raum. Dann zog sie ihr T-Shirt über den Kopf, suchte unschlüssig nach einem Platz, an dem sie die Kleider ablegen konnte und behielt es dann in der Hand, um die Jeans zu öffnen und herauszuschlüpfen.

»Ich nehm deine Kleider«, sagte Andrea, »gib her.«

Inzwischen hatte sich Marie auch des Slips entledigt und gab das ganze Kleiderbündel Andrea, die es auf eine Steinbank an der Wand legte. »Mach einfach, was du willst«, sagte sie und blickte durch den Sucher, »ich knips drauflos, und was ein Bild wird, wird ein Bild.«

Anfangs schien Marie sich nicht entscheiden zu können, ob sie nun verlegen und schüchtern sein sollte, weil sie nackt vor einer halbwegs fremden Frau posierte, oder sich so, wie sie auf den Bildern erscheinen wollte, in Szene setzen und dabei riskieren, dass Andrea sich über ihre Unverfrorenheit wunderte.

Die war jedoch weit entfernt davon, ihr Gegenüber in irgendeiner Weise zu beurteilen, sie suchte nach dem Bild, das sich böte, huschte im Raum hin und her, knipste hin und wieder, obwohl sie wusste, dass die ersten Bilder nur Posen festhielten und sie Geduld brauchte, bis Marie ihre Scheu vergessen haben würde oder gar bis sie müde genug wäre, um sich nicht mehr zu kontrollieren. Nach einiger Zeit vergaß sie sogar, auf das Licht zu achten, nahm Bilder im grellen Gegenlicht mit, obwohl die nur Silhouetten werden konnten, einfach um Marie zu hypnotisieren, sie ruhig zu machen, vielleicht sogar selbstvergessen.

Irgendwann saß Marie tatsächlich, als brauche sie eine Pause auf der Fensterbank, die Beine leicht auseinander und den Kopf an die Wand gelehnt, und in diesem Bild des Loslassens fand Andrea das erste wirklich lohnende Motiv. Schnell und als knipse sie nur noch den Film leer, nahm sie drei verschiedene Blickwinkel ein und ließ dann die Kamera sinken.

»Hast du dich nie dafür interessiert, wie seine Frau ist?« Jetzt saß Marie wirklich schutzlos da und schien sich ihrer Nacktheit wieder ängstlich bewusst wie ein Mädchen, das auf den Arzt wartet und nicht weiß, ob er ihr Schmerzen zufügen wird. Andrea schluckte den hochschießenden Ärger und antwortete mit scheinbarer Gelassenheit »Nein«.

»Wird kühl«, sagte Marie und legte die Arme um sich.

*

Wieso kann ich das nicht lassen, dachte Marie auf dem Rückweg zum Auto. Das ist wie eine Sucht. Gerade wenn es gut ist, muss ich's wieder kaputtmachen. Aber sie versank nicht in tiefes Grübeln, denn ihr Körper fühlte sich an, als hätte ihn jemand massiert oder gestreichelt. Es war ein wunderbares Gefühl. Ich scheine das zu brauchen, dachte sie, ich muss wohl nackt sein und jemandes Augen auf mir spüren, dann fühl ich mich lebendig.

»Das Licht war ziemlich hart«, sagte Andrea, »vielleicht sollten wir noch mal herkommen, am Morgen oder Abend. Wenn die Sonne schräg einfällt und mehr Raum um dich herum zu sehen ist.

»Von mir aus einmal täglich«, sagte Marie, »für mich ist das wie Schwimmen oder Sauna oder ich weiß nicht was. Es geht mir gut dabei.«

»Gut.«

Das war doch wohl kein Angebot, dachte Andrea. Nicht dass sie versucht, eine Affäre mit mir zu starten. Dafür bin ich nicht zu haben. Aber vermutlich war die Sorge unbegründet. Marie war nicht lesbisch. Niemals. Das Ganze musste noch nicht mal unbedingt eine erotische Komponente haben. Vielleicht war sie wirklich nur so etwas wie eine Muse und musste ihren Körper zeigen, um ihn der Welt zu geben, damit er zu etwas anderem transzendiert würde, einem Bild, einer Idee. Warum nicht?

*

Andrea schlenderte unschlüssig durchs Haus. Marie war noch einmal zur Baustelle rausgefahren und würde auf dem Rückweg eine Pizza mitbringen, die sie sich teilen wollten. Eine ganze allein zu essen war nicht mehr drin. Schon seit Jahren nicht mehr. Sie entdeckte ein Bild von Ralf an der Wand zwischen Küchentür und Besenschrank. Das war ihr bis jetzt noch nicht aufgefallen. Mit fröhlichem Grinsen, einen Strohhut auf dem Kopf, die linke Hand auf einen Spaten gestützt, mit der rechten winkend, schaute er direkt in die Kamera. Sie spürte einen Stich. Sie vermisste ihn. Sehr. Impulsiv nahm sie das Bild vom Haken und legte es auf den Schrank. Aber nach zwei Schritten Richtung Küche wandte sie sich wieder um und hängte das Bild an seinen Platz zurück. Das steht mir nicht zu, dachte sie, und ich will es auch nicht. Ich kann sowieso nicht verhindern, dass ich an ihn denke. Also kann ich ihn auch sehen. Aber sie wusste, so stark war sie nicht. Noch nicht. Sie würde an dieser Stelle des Flurs ab jetzt den Kopf wegdrehen. Sie hörte sich seufzen und musste lächeln. Ich sollte dankbar sein, dachte sie, es hätte schlimmer kommen können. Aber ein mulmiges Gefühl blieb, eine Art schlechtes Gewissen. Als hätte sie Ralf doch verraten. Vielleicht hatte sie das auch.

Sie nahm einige Dinge, die auf dem Sideboard standen, einen Kerzenhalter, drei Katzen aus Jade und ein Silberdöschen mit Streichhölzern und Sicherheitsnadeln in die Hand und gruppierte sie um, komponierte ein kleines dekoratives Ensemble daraus, schob und probierte so lange herum, bis es in ihren Augen passte. Eine spannungsvolle Unordnung. Schön. Aber sie konnte dabei nicht aufhören, sich Ralf vorzustellen, seinen Geruch, seine dunkle Stimme, seine Hände, die …

Irgendwann hörte sie Marie draußen die Autotür zuschlagen und musste sich losreißen.

Sie ging mit schnellen Schritten in Richtung Küche, als hätte sie etwas Verbotenes getan, bei dem sie nicht ertappt werden durfte. Aber vor der Tür stoppte sie, drehte sich um und empfing Marie, die jetzt mit einem Schwall von Tageslicht den Flur betrat.

8

Ralf hielt es immer seltener im Dunkel seines Ladens aus. Die Höhle, die er früher so geliebt hatte, kam ihm auf einmal nicht mehr warm und vertraut vor, sondern einfach nur düster. Bei jeder sich bietenden Gelegenheit, mit jeder noch so windigen Ausrede, für jeden noch so unwichtigen Gang, den er auch hätte delegieren können, floh er nach draußen und saß entweder in den Kolonnaden oder ging an den Fleeten oder der Binnenalster spazieren.

Diesmal brauchte es keine Ausrede, denn er hatte wirklich zu tun. Ein Geburtstagsgeschenk für Marie kaufen. Er hatte vor Tagen ein Orangenbäumchen gesehen, das er ihr schicken wollte. Zwar würde sie es selbst einsetzen müssen, trotz ihres nicht gerade grünen Daumens, aber daran war nun nichts zu ändern. Er konnte sich schlecht als Gärtner anbieten, solange sie ihn nicht sehen wollte. Aber sie sollte wissen, dass er an sie dachte, auch ohne dass er sie anrief oder Briefe schrieb wie ein verliebter Schuljunge.

Er hatte das Orangenbäumchen abgeholt und war auf dem Weg zurück in die Buchhandlung, als er im Schaufenster eines Teppichgeschäfts einen weißen Elefanten entdeckte. Er betrat den Laden und fühlte sich vom dezenten Klang der im Luftzug schwingenden Messingstäbe willkommen geheißen. Bis der Pakistani aus den hinteren Räumen des Ladens auftauchte, stand Ralf einfach nur da und sah lächelnd auf den Elefanten herab. Und fühlte sich zum ersten Mal seit langer Zeit zufrieden.

9

Noch bevor sie den Pizzakarton aus der Hand legte, brachte Marie die Sachen auf dem Sideboard wieder in Ordnung. Mit schnellen Griffen schubste und drehte sie alles wieder in Reih und Glied. Andrea merkte nichts davon, denn sie war in der Küche damit beschäftigt, Teller und Besteck aus dem Schrank zu nehmen und eine Flasche Wein zu öffnen.

Nach dem Essen verbrachten sie den Abend mit beiläufigem Geplauder, bis Andrea sich ein Buch holte und Marie den Abwasch und Holz für den Kamin besorgte und dann früh schlafen ging.

*

Und so vergingen die nächsten Tage. Besuche auf der Baustelle, Einkaufen, Schwimmen, Lesen, Plaudern; sie waren in entspannter Ferienlaune und hatten genug an den Kleinigkeiten des Alltags und den eigenen Gedanken, die meist in luftiger Uneindeutigkeit vorbeihuschten und nicht festgehalten oder zu Ende gedacht werden wollten. Andrea vergaß sogar, die Fotos abzuholen, und Marie schien nicht begierig, sie zu betrachten, denn sie verlor kein Wort darüber. Hatte es vielleicht ebenfalls vergessen. Oder keine Lust, sich mit ihrer eigentümlichen Leidenschaft schon wieder zu konfrontieren.

Noch zweimal hatte Andrea die kleinen Pretiosen im Flur neu gruppiert und Marie sie, sobald ihr Blick darauf fiel, wieder geordnet. Und beide taten es unbewusst, ohne sich zu fragen, wieso sich das Bild in so kurzer Zeit erneut verändert hatte.

Und dann stand das Paket vor der Tür. Sie kamen vom Supermarkt mit Plastiktüten voller Lebensmittel beladen, und Marie versuchte gleichzeitig den Schlüssel aus der Jeanstasche zu fischen, ihre beiden Tüten festzuhalten und den Absender des Pakets zu lesen. Sie ging in die Hocke, und eine der Tüten rutschte in eine heikle Schieflage, aber Marie bemerkte kaum, dass Andrea geistesgegenwärtig danach griff und sie festhielt, denn sie hatte die Schrift erkannt und lächelte. »Er hat dran gedacht«, sagte sie.

»An was? Hast du etwa Geburtstag?«

»Gestern.«

»Verdammt. Alles Gute.« Andrea nahm Marie die Schlüssel ab, denn die fummelte schon ungeduldig wie ein kleines Mädchen voller Vorfreude an der Verpackung herum.

Tatsächlich hatte sie einen Teil schon aufgerissen, als Andrea mit einer Schere herauskam und nach den übriggebliebenen Lebensmitteltüten griff.

Marie nahm den Orangenbaum aus der Kiste und drehte ihn lächelnd in den Händen. Dann fasste sie noch einmal nach unten und nahm ein kleines Päckchen heraus. Ebenso ungeduldig wie eben riss sie das Papier ab und heraus kam, von Holzwolle umgeben, ein kleiner weißer Elefant.

»Der ist für mich«, sagte Andrea leise und streckte ihre Hand danach aus.

Marie gab ihn ihr, ohne sie dabei anzusehen, und es schien zuerst, als falle sie in sich zusammen, aber dann stand sie auf und sagte, ebenso leise, aber scharf und schnell voller mühsam beherrschter Wut: »Muss ich mir ansehen, wie er dir Geschenke macht?«

»Ich muss das auch.«

Für einen Augenblick sah es aus, als wollten die beiden Frauen aufeinander losgehen. Sie starrten sich in die Augen wie zwei Krieger, die den richtigen Moment abwarten, um loszuschlagen. Aber dann sagte Andrea: »Elefanten sind über den Tod hinaus treu«, und aus Maries Gesicht wich die Anspannung.

»Der Elefantenmann schläft noch mal mit seiner toten Frau.«

Nun zeigte sich sogar ein kleines Grinsen auf Maries Gesicht: »Das ist nicht treu, das ist pervers.«

Und obwohl Andrea eigentlich hätte lächeln müssen, hatte Marie doch fast exakt dasselbe gesagt, wie sie damals, hörte sie sich ernst und traurig sagen: »Manchmal vermisse ich ihn.«

Marie wollte eine Hand nach Andrea ausstrecken, aber sie stockte in der halb ausgeführten Gebärde und ließ den Arm wieder fallen. »Ich auch.«

*

Für den Rest des Tages waren sie einander aus dem Weg gegangen, beide zu sehr mit ihren eigenen Gedanken an Ralf beschäftigt, als dass die Gegenwart der anderen nicht zumindest Bitterkeit hätte auslösen können, aber sie hatten vorgehabt, gemeinsam zu kochen, also trafen sie sich in der Küche, als es nicht mehr länger hinauszuschieben war.

Marie war schon damit beschäftigt, den Salat zu putzen. Andrea nahm sich die ordentlich in Reih und Glied liegenden Zucchini vor und dachte gerade, hoffentlich hat sie's verkraftet, als Marie sagte: »Ich werd's nicht los.«

»Was?«

»Ich werde die Vorstellung von euch beiden im Bett nicht los.«

Andrea ließ die Zucchini fallen und den Kopf hängen. Was sollte sie darauf antworten? Darüber konnte man nicht reden. Wieso beharrte Marie so stur darauf, sie wusste doch, dass nichts Gutes dabei rauskäme. Sie raffte sich auf und sah Marie an: »Erinnerst du dich? Wir reden nicht über Ralf.«

»Eine Blondine hätt ich verstanden, oder eine Jüngere, aber ...«

»Ich nicht.«

»Es tut mir einfach weh, verstehst du das nicht?«

»Lass es doch, bitte.«

»Mich lässt er am langen Arm verhungern, und du ...«

»Marie. Hör auf damit.«

»... könntest meine große Schwester sein.«

Jetzt konnte sich Andrea nicht mehr bremsen. Mit zornigem Gesicht nahm sie eine Zweiliterflasche Wasser und knallte sie mit Verve in das Spülbecken. Es wummerte dumpf und laut. Die Flasche war aus Plastik. Andrea sah Marie direkt ins Gesicht. »Glaubst du eigentlich, du bist die Einzige, die hier leidet? Was ist mit meiner Eifersucht? Kommt die überhaupt nicht vor? Ich hab ihn zwei *Jahre* lang geteilt. Ich musste mir *auch* vorstellen, was er mit dir macht im Bett.«

»Du hast gesagt, dich interessierte seine Frau nicht.« Maries Stimme klang trotzig und beharrlich, als käme es auf dieses Argument ganz besonders an, als wäre es danach nicht mehr möglich ihr, Marie, Unrecht zu tun.

»Ja, hab ich gesagt.« Andrea klang genauso trotzig.

Und wieder sahen sie einander in die Augen, als gälte es, dort irgendetwas zu entdecken, was das Blatt wenden würde, die Schmerzen lindern, den anderen zum Zurückweichen bewegen oder einfach nur das Unerklärbare erklären. Und dann sprach Andrea wieder: »Er war gut für mich. Ich hab mich mit ihm wohlgefühlt.«

Marie tat nichts, um die Tränen zu verbergen, die ihr aus den Augen liefen. Sie stand einfach nur da und ließ es geschehen. Und konnte nicht sehen, so verschwommen war ihr Bild von Andrea, dass in deren Augen ebenfalls Tränen schimmerten. Ob aus Mitleid mit ihr oder mit sich selbst oder einfach nur vor lauter Hilflosigkeit in dieser verfahrenen Situation, das wusste Andrea selbst nicht.

*

Die Schwierigkeiten auf der Baustelle, mit denen Marie ein paar Tage lang zu kämpfen hatte, kamen gerade recht, um ihnen eine Verschnaufpause zu gewähren. Zwei Maurer hatten Knall auf Fall gekündigt, und dem Unternehmer gelang es nicht, Ersatz für sie zu finden, sodass Marie sich selber auf die Suche machte. Sie war froh über die Ablenkung.

Sie wollten beide kein Psychodrama aus ihrem Zusammensein machen, aber nur Andrea war es bisher gelungen, sich zu beherrschen. Die impulsive Marie platzte heraus, wann immer ein Gefühl sie übermannte, und Andrea fühlte sich so langsam am Ende ihrer Kraft. Lange würde sie das nicht mehr durchhalten, ohne selbst gefährlich zu werden. Sie kannte sich.

Sie versuchte, zu arbeiten, fand sich aber immer wieder zögernd und unsicher, ob sie einen Strich ausführen sollte oder nicht; sie war zu fahrig und unkonzentriert. Wenn sie sich zwänge, würde sie jedes Blatt verderben.

In regelmäßigen Abständen rief sie ihre Tochter an und ließ sich erzählen, wie das Leben in Hamburg lief. Erstaunlich eigentlich, dass es ihr so leicht fiel, von Celine getrennt zu sein. Bisher waren das nur Tage gewesen, selten mal eine Woche oder zwei, und jetzt würde sie das Kind fast zwei Monate lang nicht sehen. Bis zu den Ferien. Ich bin doch nicht so eine Glucke, wie ich immer geglaubt habe, dachte Andrea.

Celine fühlte sich wohl. Das machte sie bei jedem Telefonat von neuem klar. Endlich konnte sie selber entscheiden, was sie anzog, wann sie ins Bett ging, ob sie fernsah oder las, endlich ihr Leben einmal unkommentiert ausprobieren. Nicht, dass Andrea immer genörgelt oder Vorschriften gemacht hätte, aber allein die Blicke, die sie immer wieder möglichst nebenbei auf ihrer Tochter hatte ruhen lassen, mussten der auf die Nerven gegangen sein. Sie sagte es offen am Telefon und lachte laut, als Andrea enttäuscht fragte: »Vermisst du mich denn überhaupt nicht?«

»Doch, doch, doch«, sagte Celine am anderen Ende der Leitung, »aber du fängst jetzt ein neues Leben an, und ich eben auch. Ist doch gut, oder?«

Ja, es war gut. Und es stimmte. Sie fing ein neues Leben an. Ein Leben jenseits der Schule und jenseits des täglichen Mutterseins, Verantwortlichseins, Aufpassenmüssens. Ein eigenes Leben. Und Marie half ihr dabei. Sie baute ihr Haus. Eine Welle von Zuneigung und Dankbarkeit folgte diesem Gedanken, und Andrea nahm sich vor, geduldig zu sein, solange Marie das brauchen würde. Sie nahm ihre Sonnenbrille vom Tisch und ging ins Dorf, um nach den Fotos zu fragen. Die sollten inzwischen entwickelt sein.

Als sie zurückkam, fand sie Marie im Badeanzug am Pool und legte sich auf die Liege daneben. Eine Zeit lang dösten sie schweigend vor sich hin und ließen sich von der Abendsonne wärmen. Andrea wäre eingeschlafen, so wohltuend schmeichelten die Geräusche der Vögel und Zikaden ihrem Ohr, als sie das Quietschen der Liege neben sich hörte und die Augen öffnete.

Marie saß aufrecht und blinzelte in die Sonne. »Wir sind doch eigentlich in den besten Jahren«, sagte sie.

»Waren wir das nicht von Anfang an?«

Marie schwieg und stützte den Kopf in beide Hände. Sie spielte mit den kleinen Fingern an ihren Mundwinkeln herum, zog sie nach unten, zur Seite, nach oben, als probiere sie Grimassen aus, die ihre Gesichtsmuskulatur alleine nicht zustande brachte. »Vermisst du's?«

»Ja.«

»Ich auch.« Wieder spielte Marie mit ihrem Mund herum und starrte mit blicklosen Augen aufs Wasser. »Man müsste sich's bei Bedarf mieten können. Die Männer tun das.«

»Das müsste aber stilvoller vor sich gehen als bei denen.«

»Du scheinst dich ja auszukennen«, sagte Marie und sah Andrea lächelnd an. Die zuckte nur mit den Schultern und richtete sich auf. »Kochen wir, oder gehen wir essen?«

»Ich zieh mich an«, sagte Marie und sprang auf.

*

Der Kellner hatte Wasser und Wein gebracht, das überzählige Besteck an sich genommen, da sie beide nur Salat wollten, und Andrea machte einen Platz in der Tischmitte frei, um die Fotos darauf auszubreiten. »Hab sie selbst noch nicht angesehen.«

Marie griff sofort nach dem Stapel, ging die Bilder schnell durch, ließ die angeschauten auf den Tisch fallen, wo Andrea sie einsammelte, sobald einige zusammenlagen, um sie selbst in Ruhe durchzugehen. Die meisten waren nichts geworden, zu dunkel, verschwommen oder durch Andreas Eile und Ungeschicklichkeit verwackelt, und sie war fast ebenso schnell fertig wie Marie.

Die hatte die gelungenen inzwischen zu einem zweiten Stapel geschichtet, den sie jetzt, da der Kellner mit dem Brot kam, schnell umdrehte.

Andrea lächelte, denn einen Anflug von Schamhaftigkeit hätte sie nicht von Marie erwartet. Die sah das Lächeln und erwiderte es. »Muss ja nicht jeder sehen. Ein bisschen Auswahl treff ich dann doch.«

»Aber das hier ist doch wunderschön«, sagte Andrea, die den zweiten Stapel zur Hand nahm und das Bild, von dem sie sich am meisten erhofft hatte, fand:

Marie saß entspannt und sehr natürlich auf der Fensterbank, und das Licht von draußen zeichnete da, wo ihr Körper im Schatten lag, scharfe Umrisse.

»Zeig«, sagte Marie und streckte die Hand danach aus. »Stimmt. Malst du das?«

»Ja.«

»Hier ist noch eins«, Marie stöberte mit dem Finger die Abzüge auseinander und suchte nach einem Bild, als sich ein Schatten auf der weißen Papiertischdecke abzeichnete und Andrea einen fremden Geruch in der Nase spürte.

Noch bevor sie sich gleichzeitig umdrehen und zurückweichen konnte vor dem fremden, ihr viel zu nah gekommenen Körper, hörte sie neben sich einen leisen, zischenden Pfiff und sah aus dem Augenwinkel, wie Marie die Bilder zusammenraffte. Da stand der Kerl, der letzten Sommer Celine bedrängt hatte, mit höhnischem Grinsen und hochgezogenen Augenbrauen. Er hatte die Hand auf die Fotos legen wollen. Jetzt hing sein Arm in der Luft über dem Tisch, und er zog ihn langsam wieder zurück.

Noch ehe Andrea reagieren konnte, war Marie vom Stuhl geschnellt und hatte dem Schnösel über den Tisch hinweg eine schallende Ohrfeige versetzt.

»Was soll denn das?« Andrea war ebenfalls aufgesprungen, ihr Stuhl hinter ihr umgekippt, und sie sah, dass alle im Restaurant zu ihnen herschauten. Auch der Kumpel des Typen, dessen seifig-dummes Gesicht sie noch vom letzten Sommer in Erinnerung hatte.

Der Kerl stand da mit verwirrtem Blick und zog erst jetzt seinen vergessenen Arm wieder zurück, um sich die gerötete Wange zu reiben.

»Verzieh dich«, zischte Marie, »lies Mickymaus, du unverschämter, unreifer …«, sie suchte nach dem richtigen Wort, »Zwerg. Warum belästigst du erwachsene Leute? Hau ab.«

Der Schnösel versuchte, cool zu wirken, aber die peinliche Ohrfeige und der Umstand, dass er auch noch vor Schreck gestolpert war und sich jetzt am Tisch festhalten musste, um nicht zu fallen, machten seine Demütigung komplett. Er schaffte es gerade noch, seinen verächtlichen Gesichtsausdruck beizubehalten, alles andere sah nicht so toll aus, wie es hätte sollen. Er ging zu seinem Kumpel zurück und sagte über die Schulter: »Ihr seid doch Lesben.«

Ohne ihn anzusehen sagte Andrea: »Vor euch kann man sich auch so ekeln«, stellte ihren Stuhl wieder auf und setzte sich. Marie tat es ihr nach.

Die beiden jungen Männer legten Geld auf den Tisch und gingen von gekünsteltem Lachen als unerschütterlich ausgewiesen zu ihrem Landrover, den sie lässig starteten und mit aufheulendem Motor aus der Parklücke fuhren. Natürlich mit der gebotenen Großspurigkeit, denn von zwei Lesben ließ man sich doch nicht die gute Laune verderben.

Inzwischen hatten sich die anderen Gäste wieder ihrem Essen zugewandt, und Marie sagte: »Das waren mal zwei nette kleine Jungs.« Und nach einer kleinen Pause, in der sich ein Lächeln auf ihrem Gesicht einfand: »Und damals war ich auch schon erwachsen.«

*

Andrea arbeitete an dem Bild. Das Foto war gegen eine Vase gelehnt, und auf dem Tisch lagen Gouachefarben, Wasser und Papier. Mit blassem Hellblau hatte sie die Konturen vorgezeichnet und legte jetzt Lasuren aus Braun-, Grau- und Rottönen übereinander.

Marie stellte eine Tasse Kaffee neben sie, und Andrea tastete danach, ohne hinzusehen, fand die Tasse, hob sie, führte sie an den Mund, wusste aber dann den nächsten Pinselstrich und stellte die Tasse wieder ab. Marie lächelte und ging leise nach drinnen.

*

Das Kaminfeuer schoss blitzende Funken in den Raum. Marie saß im Sessel, einen kleinen Stapel Bücher neben sich, und Andrea lümmelte bequem auf dem Sofa, die Beine unter sich zu einer Art Schneidersitz gefaltet. Marie reichte ein Buch zu Andrea hinüber und begann seinen Inhalt zu erklären: »Das hat mir gefallen«, sagte sie, »es ist über einen nicht mehr sehr jungen Mann, der sich die Welt zurechtgelegt hat mit allerlei Listen und Regeln. Dass er dadurch fast keinen Horizont mehr hat, erfährt er erst durch seine Freundin, die …«

»Ich kenn das aber schon«, sagte Andrea, die mit dem Buch winkte, um Maries Aufmerksamkeit darauf zu lenken. Die hatte nämlich schon das nächste in der Hand und sah ins Feuer.

Es klingelte an der Tür.

Sofort, als hätte sie nur darauf gewartet, schnellte Marie aus dem Sessel hoch, hielt aber in der Bewegung inne und sagte: »Ich erwarte Besuch.«

»Na, dann geh hin.«

»Der ist bestellt.«

Was sollte das nun heißen? Andrea war noch dabei,

sich zu wundern, dass es überhaupt klingelte. Und Marie druckste so komisch herum, als müsse sie den Besuch erklären, bevor er das Haus betrat, was sollte das denn?

»Na, geh doch«, sagte Andrea noch einmal, aber dann fiel ihr auf, dass sie mit dem Satz »Der ist bestellt« nichts anfing. »Was heißt das, bestellt?«

Jetzt war Marie eindeutig verlegen. Zwar hatte sie sich inzwischen endlich erhoben und saß nicht mehr so halb aufgeklappt in der Luft, aber sie rieb ihre Hände aneinander, als ginge es darum, etwas loszuwerden: »Er ist für mich.«

Erst an dem versonnenen Lächeln, das dabei auf Maries Gesicht erschien, las Andrea den Sinn dieser Botschaft ab. Bestellt. Für mich. Er. Aha. Marie fuhr sich durch die Haare wie ein aufgeregter Teenager. »Lass ihn schon rein«, sagte Andrea, »los.«

»Benimm dich bloß nicht daneben.«

»Keine Angst.«

Marie ging zur Tür und erschien kurz darauf mit einem großen jungen Mann an der Hand. »Das ist Raoul«, sagte sie, »und das ist meine Freundin Andrea.«

»Bon soir Andrea.«

»Bon soir. Setzen Sie sich.«

Andrea stand auf, um ein Glas aus der Küche zu holen. Und um ein wenig ungestört vor sich hin zu lächeln. Hatte Marie sich das einfach getraut. Bei ihr war man doch nie vor Überraschungen sicher. Der Satz »Man müsste sich's bei Bedarf mieten können« vor ein paar Tagen war für Andrea einfach so dahingesagt gewesen, ein flüchtiger Gedanke, weiter nichts.

Bei Marie aber hatte das zum Entschluss geführt. Die ist mutiger als ich, dachte Andrea und gab sich Mühe, das Lächeln von ihrem Gesicht zu bekommen, bevor sie das Kaminzimmer wieder betrat.

Dort saßen Marie und Raoul brav einander gegenüber, die Hände auf den Knien und die Gesichter angespannt vom Suchen nach unverfänglichem Gesprächsstoff. Raoul sah sich anerkennend im Raum um, aber bevor er die Einrichtung loben konnte, die, wie Andrea wusste, fast vollständig von Ralf stammte und damit seinen ersten Schritt zur Konversation gleich in ein Fettnäpfchen tun würde, reichte sie ihm ein Glas und schenkte Wein ein.

»Ich lese das hier«, sagte sie, nahm das oberste Buch vom Stapel neben dem Kamin und verabschiedete sich von den beiden verlegenen Sündern in spe.

*

Sie las nicht. Sie horchte auf Geräusche aus Maries Zimmer. Aber da war nichts. Immer wieder versuchte sie sich einzureden, sie wolle gar nichts hören, aber daran, dass ihr die Stille immer wieder auffiel, merkte sie, wie sehr sie auf ein Rascheln oder Stöhnen wartete. Pfui, dachte sie sich, lass die beiden in Ruh. Das geht dich nichts an.

Als sie endlich das Buch nicht mehr zur Ausrede für sich selber auf der ersten Seite aufgeschlagen in der Hand behalten wollte und das Licht löschte, um zu schlafen, schien die Stille noch deutlicher zu werden. Nicht einmal die Nachtigall sang. Lauschte die auch? Ein bisschen Wind raschelte in den Bäumen, das war alles.

Wie machten sie es? Sagte Marie ihm, was er tun sollte? Oder ließ sie sich einfach überraschen und verwöhnen, in der Hoffnung, seine Jugend, er konnte höchstens dreißig sein, wäre kein Ausweis mangelnder Erfahrung. Sie gab ihm Anweisungen. Bestimmt. Marie würde sich nicht einfach überlassen. Obwohl …

Nach einiger Zeit, langer Zeit, wie ihr schien, stand Andrea auf und ging auf ihren kleinen Balkon. Sie spielte mit dem Gedanken, eine Schlaftablette zu nehmen, aber dazu müsste sie in die Küche gehen, und das würde Marie vielleicht als Schnüffelei interpretieren. Sie atmete tief, die Hände auf der Brüstung und den Kopf im Nacken. Autogenes Training.

Und dann stand er da. Sie hatte die Tür leise gehen gehört, sich umgedreht und angenommen, Marie wolle ihr sofort erzählen, wie es gewesen war, aber dann erkannte sie Ralfs dunkelblauen Bademantel und darin den frisch geduschten, vorsichtig und höflich den Kopf ins Zimmer hereinbeugenden Raoul. »Darf ich?«, flüsterte er, und sie nickte.

»Entschuldigen Sie Andrea, ich möchte Sie nicht erschrecken.« Sein Akzent klang hübsch, fand Andrea. Sie sah ihn nur fragend und freundlich an.

»Ihre Freundin sagt, vielleicht möchten Sie auch?«

Wollte sie? Da bin ich überfragt, dachte Andrea, woher soll ich das jetzt so schnell wissen? Da steht der hübsche Kerl vor mir und bietet mir eine Liebesnacht an, und ich soll wissen, ob ich das will. Und Marie liegt in ihrem Zimmer und kichert. Andrea legte ihre Hände hinter sich auf die Brüstung und nagte an ihrer Unterlippe.

»Möchten Sie?«

Jetzt schloss Raoul leise die Tür hinter sich, legte beide Hände ineinander und wartete.

Andrea spürte, wie sie den Kopf senkte und wieder hob, sie hatte genickt, eindeutig. Sie musste genickt haben, denn Raoul zog am Gürtel seines Bademantels, öffnete ihn und nahm ihn von den Schultern. Schönen Schultern übrigens, wie der ganze Mann ein Bild war, das man anfassen sollte. Sie legte ihren Arm auf seinen, als er zu ihr hergekommen war, zog mit der freien Hand am Saum des langen T-Shirts, das sie immer als Nachthemd trug und senkte ihre Stirn an die Stelle, wo Raouls Hals in die Schulter überging. Ich werde nicht leise sein, dachte sie noch, als sie seine Haut an ihrer spürte und ein Hauch der Nachtluft ihr ein Frösteln verursachte. Oder war es die Innenseite seiner Hand, die ihr jetzt leicht über den Rücken fuhr, vom Schulterblatt abwärts, bis …

*

Marie saß schon auf der Terrasse, eine Sonnenbrille auf der Nase, die Süddeutsche Zeitung vor sich, und auf dem Tisch diesmal nur das Nötigste. Zwei Tassen ohne Unterteller, eine aufgerissene Tüte mit Croissants und die Espressokanne aus Aluminium. Sie schaute nicht von ihrer Zeitung auf, als Andrea sich setzte.

»Morgen«, murmelte sie und schlug ein Blatt der Zeitung um.

Andrea, die ebenfalls eine Sonnenbrille trug, griff sofort nach dem bereits gelesenen Teil der Zeitung, schenkte sich Kaffee ein und fingerte ein Croissant aus der Tüte. »Guten Morgen«, sagte sie dann auch hinter der Zeitung hervor und las.

Aber sie las den ersten Satz dreimal und konnte ihn schon auswendig, ohne auch nur im Geringsten eine Idee von seinem Inhalt bekommen zu haben. Sie versuchte es mit einer neuen Seite und einem neuen Artikel, aber es war dasselbe.

»Und?«, kam endlich hinter Maries Zeitung hervor.

»Es war stilvoll«, sagte Andrea und hielt ihre Zeitung weiter vors Gesicht. Sie konnte hören, dass Marie das Versteckspiel als Erste beendete, das Rascheln des Papiers und das Knarren des Stuhls waren deutliche Zeichen. Also wollte sie ihren Teil des Blattes ebenfalls sinken lassen, überlegte es sich aber anders und schaute seitlich daran vorbei. Tatsächlich saß Marie da und lächelte breit. »Fand ich auch«, sagte sie.

»Bleibt aber bitte unser Geheimnis«, bat Andrea. Und Marie hob die rechte Hand. »Ich schwöre.«

Und dann hoben sie beide ihre Zeitungen wieder vors Gesicht, um noch einige sinnlose Sätze auswendig zu lernen.

10

Marie war hellauf begeistert, als Andrea ihr das fertige Bild zeigte. »Mach mehr davon«, sagte sie, ohne den Blick vom Blatt zu wenden, »es gibt so viele Akte, aber ich glaub, ich hab noch nie einen so suggestiven gesehen.«

»Was suggeriert es denn für dich?«, fragte Andrea, von einer so tiefen Befriedigung erfüllt wie schon lang nicht mehr nach einem letzten Pinselstrich. Das hier war auch für sie neu. Als hätte sie beim Versuch, nur ganz altmeisterlich dem Modell treu zu sein, eine andere Art von eigener Aussprache gefunden, nach der sie ihres Wissens nicht einmal gesucht hatte.

»Ich weiß nicht genau, Anwesenheit, Einsamkeit, aber auch Lebendigkeit, es ist so …«, Marie fuhr mit dem Finger in der Luft die Konturen ihres eigenen Körpers auf dem Blatt nach, »so weich. So verbunden mit dem Licht und Schatten, mit dem Raum. Es ist ein menschliches Wesen, und ein Raum, und ein Schatten, und Licht gleichzeitig. Es ist alles eins. Es ist toll.«

»Find ich sogar selber«, sagte Andrea nachdenklich. »Mach mehr davon.«

*

Am frühen Abend fuhren sie wieder zum Schloss. Andrea hatte sich am Nachmittag mit empfindlichen Filmen eingedeckt, und Marie hatte geschlafen, um so entspannt zu sein wie möglich.

»Du kannst gehen, sitzen, liegen, fallen, was du willst«, sagte Andrea, als sie den Weg durch den Weinberg erreichten, »ich versuche einfach einzufangen, was ich sehe. Am besten, du vergisst mich und stellst dir vor, du wärst alleine.«

»Ich bin irgendwie aufgeregt«, sagte Marie und beschleunigte ihren Schritt.

Im Schloss konnte sie es kaum erwarten, ihre Kleider loszuwerden. Sie war schon nackt, als Andrea noch den Film einlegte.

Aber dann ging sie unschlüssig durch die Räume und wusste nicht, wie anfangen. »Jetzt weiß ich doch nicht, was ich tun soll«, sagte sie und stützte sich am Torbogen ab.

»Steh einfach grade, ganz grade, hier in der Mitte vom Torbogen«, sagte Andrea, die Kamera vor dem Auge, »lass die Arme hängen und steh so da, wie du dich fühlst, als wüsstest du nicht, was du tun sollst.«

Marie gehorchte, und Andrea knipste ein paar Bilder aus verschiedenen Perspektiven. Es sah klassisch aus. Sehr ruhig, sehr harmonisch, sehr stilisiert. Das konnte, wenn sie eine ganze Reihe Akte malen würde, einen guten Gegensatz zu den natürlicheren, die sie hoffentlich noch einfangen würde, ergeben.

»Spürst du jetzt so was wie die Augen aller Galeriebesucher?« fragte Andrea, während sie konzentriert knipste.

»Ich glaube, ich weiß nicht, ja, ich glaub, ja.«

»Und wie ist das?«

»Gut«, sagte Marie, »seltsam«, und sie hob die Hände. »Gut.«

Marie ging in die Hocke. Sie legte ihre Hände auf die Oberschenkel, bog den Rücken durch und legte den Kopf zur Seite, als dehne sie ihre Halsmuskeln. Andrea fotografierte von vorn, ging selber in die Hocke und wollte gerade sagen, das ist toll, lehn dich an die Wand, als sie am Ende des Ganges ein Gesicht um die Ecke lugen sah.

»Zieh dich an. Schnell!«

Instinktiv ging Andrea in Richtung Eingang, dem Störenfried entgegen, als Marie nach nebenan schoss und ihre Kleider an sich riss. Da trat mit feixendem Gesicht und stumpfen Augen der Schnösel in die Tür. Dieses klebrige Bürschchen aus dem Restaurant. Dicht gefolgt vom schweigenden Zweiten, dem Adlatus, der wie immer einige Schritte hinter seinem Vorbild blieb. Auch er hatte einen eigentümlich stumpfen Blick. Die beiden waren betrunken oder standen unter Drogen. Und sie mussten ihnen gefolgt sein, oder hatten gar hier auf sie gewartet, weil sie auf den Fotos im Restaurant den Ort erkannt hatten. Verdammt.

»Hallo, die Damen«, sagte der Anführer, »so sieht man sich schon wieder.«

»Hau ab«, zischte Andrea und sah aus dem Augenwinkel, dass Marie neben sie trat.

»Komm.« Sie fasste Marie am Arm und ging mit ihr in entgegengesetzter Richtung durch den Saal zum Garteneingang. Marie hatte Slip und Schuhe in der Hand, war nur eilig in ihr Kleid geschlüpft und sah sich mit verstörtem Blick nach den beiden Männern um. Die beeilten sich, hinter ihnen herzukommen.

Marie begann zu laufen, aber dann hielt sie an, drehte sich um und wartete, bis der Anführer ganz nahe war. »Was soll das werden hier?«

Er stoppte ebenfalls und stand vor ihr. »Äh, weiß nicht. Was hättst du denn gern, Gnä Frau?«

Andrea, die schon ein Stückchen weiter weg gewesen war, kam wieder zurück und zupfte Marie, die in kalter Wut zitternd vor dem Kerl stand, am Arm. »Komm, los, wir gehen. Ich hab keine Lust auf die beiden. Überhaupt keine.«

»Verzieh dich«, zischte Marie und drehte sich um.

Sie waren schon fast den ganzen Abhang hinunter, als sie hörten, wie die beiden sich wieder in Trab setzten. »Los, zum Auto«, flüsterte Andrea und beschleunigte ihren Schritt.

»Nicht so eilig«, keuchte es hinter ihnen, dann überholte sie der Anführer und stellte sich mit ausgebreiteten Armen in den Weg. »Es war doch grad so schön. Wir warn doch grad so nackig. Das war doch toll, war das doch.«

Marie gab ihm einen Stoß vor die Brust, der ihn ein wenig zurücktaumeln ließ. »Spinnst du? Bübchen. Ist dir immer noch nicht klar, wie du dich blamierst?«

Sie wollte an ihm vorbeigehen, aber er klatschte seinen Arm vor ihre Brust und hielt sie fest. »Quak, quak, quak«, sagte er. Marie stand starr, sie schien auf einmal unfähig, irgendeine Bewegung zu machen.

Andrea schlug auf seinen Arm, und er zog ihn verdutzt zurück. Aber dann stieß er sie mit Kraft vors

Schlüsselbein, sodass sie stolperte und fiel. »Du darfst uns zusehen«, sagte er, ohne sich nach ihr umzudrehen. Er hatte die Hand am Ausschnitt von Maries luftigem Sommerkleid und versuchte, es zu zerreißen. Marie war gelähmt vor Entsetzen, aus ihrer Kehle kam ein Wimmern, aber sie schlug mit einer erneuten verzweifelten Anstrengung den Arm des Kerls von sich weg.

Wieder fasste er an ihren Ausschnitt. Wieder schlug Marie zu. Aber ihr Arm schien kraftlos, das einzige noch bewegliche an ihrem ansonsten vor Schrecken gelähmten Körper.

Er schlug sie ins Gesicht und nutzte den Augenblick, in dem sie verwirrt nach ihrer blutenden Lippe tastete, um ihr das Kleid bis zum Nabel aufzureißen. »Ja klasse«, keuchte er, »jetzt kommt die Party in Schwung.«

Weder er noch sein Bewunderer hatten auf Andrea geachtet, die sich schnell und leise aufgerappelt hatte, zum Wagen gerannt war und ein Stemmeisen aus dem Kofferraum nahm, das dort seit der Steineräumaktion lag. Sekunden später stand sie hinter dem Kerl, der mit genüsslichem Gesichtsausdruck Maries Kleid auseinander faltete, als packe er ein Geschenk aus. Gerade wollte er ihr an die Brust fassen, als Andrea sagte: »Hände weg«.

Mit ironisch hochgezogener Augenbraue drehte er sich um, sah die Frau da stehen, das Stemmeisen in der Hand, mit kaltem Blick und bereit, zuzuschlagen. Es schien ihr ernst zu sein. Er wurde wütend.

Er tat einen Schritt auf sie zu und wollte ihr die Waffe entreißen, aber er hatte nicht mit ihrer Schnelligkeit gerechnet. Gezielt und mit Kraft, sie staunte selbst über ihre Entschlossenheit, schlug Andrea zu und traf den Arm des Kerls, der einknickte, jaulte und erstaunt auf seinen getroffenen, lahm von ihm herabhängenden Arm sah. Er wurde kalkweiß im Gesicht.

»Du hast zehn Sekunden«, sagte Andrea, »verschwinde.«

Sie hatte gerade noch Zeit, dem Adlatus, der nur da stand und glotzte, einen warnenden Blick zuzuwerfen, als der Anführer mit einem gurgelnden Wutschrei auf sie losging. Schneller als sie denken konnte, schlug sie noch einmal auf seinen Arm, sie traf so ziemlich dieselbe Stelle, und der Typ sackte zu Boden und erbrach sich.

Jetzt kam Leben in den Zweiten. Er setzte sich in Bewegung und kam ängstlich näher. Andrea, die zur Seite getreten war, das Stemmeisen noch immer im Anschlag und bereit, sofort wieder zuzuschlagen, ließ ihn an sich vorbei, er machte einen kleinen Bogen zuerst um Marie, dann um sie, und sie sah seine Augen furchtsam flackern. Dann griff er nach dem unverletzten Arm seines Freundes und zog ihn auf die Beine. Er stützte ihn und führte ihn den Weg hinunter.

Kurz vor dem Waldrand begann der Anführer mit seinem gesunden Arm auf den anderen einzuschlagen. Es sah lächerlich aus. Die beiden gingen mit einigen Metern Abstand voneinander weiter, dann bog der Kleine ab und nahm eine andere Richtung quer durchs Unterholz.

Erst als sie im Wald verschwunden waren, ließ Andrea das Stemmeisen sinken und wandte sich Marie zu. Die stand noch immer, wie vom Blitz getroffen mit offenem Kleid und leerem Gesicht auf dem Weg. Ihre Augen schienen nach nirgendwohin zu schauen, sie war wie paralysiert.

»Komm«, sagte Andrea leise und fasste behutsam nach Maries Arm. »Die sind wir los.«

Sie führte Marie vorsichtig zum Wagen, schloss die Tür für sie auf, setzte sich ans Steuer und fuhr los, nachdem sie Marie angeschnallt hatte, ihr zerrissenes Kleid über dem Schlüsselbein zusammengelegt und Maries Hand dorthin geführt hatte, damit sie es festhielt.

»Danke«, sagte Marie.

»Uns vergewaltigt keiner«, Andrea schaltete in den zweiten Gang, »aus dem Alter sind wir raus.«

Nach der ersten Biegung des Waldwegs, kurz vor der Brücke über den kleinen parallel zur Straße verlaufenden Bach tauchte der Kerl mit dem gebrochenen Arm vor ihnen auf. Er musste Schmerzen haben, denn er taumelte in Schlangenlinien mit vornüber gebeugtem Oberkörper den Weg entlang. Andrea fuhr ruhig auf ihn zu, schaltete runter, damit er den Motor hören würde, und sie nicht hupen musste.

Er drehte sich um und stolperte zur Seite.

Aus dem Augenwinkel nahm Andrea wahr, dass Marie ihre Hände um das Stemmeisen in ihrem Schoß krampfte. »Mach keinen Quatsch«, sagte sie und griff nach dem Ding. Sie ließ es liegen, aber hielt es fest. Marie schaute starr geradeaus.

Sie waren fast bei dem Mann angekommen, er stand jetzt ganz außen, soweit es möglich war am Wegrand. Er stand schief, konnte sich nirgendwo festhalten, denn er brauchte seinen unverletzten Arm, um den verletzten zu stützen.

»Überfahr ihn«, sagte Marie und wollte mit einer impulsiven Bewegung ins Steuer greifen, um den Wagen auf den Mann zu lenken, doch Andrea hatte mit so etwas gerechnet und kam ihr zuvor. Sie ließ das Stemmeisen wieder los, ergriff energisch Maries Hand und hielt sie fest. Mit der freien Linken steuerte sie den Wagen geradeaus. An dem Mann vorbei. Er schaute nicht auf.

»Aus dem Alter sind wir auch raus«, sagte Andrea und ließ Maries Handgelenk wieder los.

*

Wie lange stand sie jetzt schon unter der Dusche? Marie fühlte das Wasser über sich hinabströmen und wusste, es würde das, was auf einmal als Schmutz auf ihrer Haut lag, nicht wegwaschen können. Den Schmutz dieser ekelhaften Berührung. Den Schmutz der Verachtung, die ihr dieser stumpfäugige Kerl entgegengebracht hatte. Sie wusste nicht einmal, ob sie weinte, wusste nicht, ob das Wasser ihre Tränen wegspülte oder ersetzte. Sie wusste nur, dass sie zum ersten Mal im Leben ihren eigenen Körper mit dem verächtlichen Blick eines Fremden betrachtete. Seine Berührung hatte gereicht, um dieses Gift auf ihre Haut aufzutragen, und jetzt wollte es nicht verschwinden; kein Wasser und keine Seife vermochten es, diesen Ekel abzuwaschen. Ich bring den um, dachte sie, ich finde raus, wo er wohnt und bring ihn um. Und seinen debilen Kumpel gleich mit. Das Wasser wurde kalt.

Sie stand noch einige Zeit unter dem Strahl, wartete darauf, dass sie frieren würde, aber sie fror nicht, dann trocknete sie sich ab, zog ihren Bademantel an und ging nach draußen. Nur um dort sofort wieder in den Pool zu steigen. Ohne Wasser ging es nicht.

*

Andrea kam mit Wein und Gläsern, setzte sich an den Pool und sah Marie dabei zu, wie sie stoisch von Rand zu Rand schwamm und den Kopf ins Wasser tauchte, sobald sie eingeatmet hatte, als dürfe kein Teil ihres Körpers zu lange mit der Luft in Berührung kommen.

»Nicht reden«, sagte Marie irgendwann und tauchte wieder unter. Andrea nickte nur und wartete. Darauf, dass Maries maschinenhafte Bewegungen wieder weicher würden, wieder menschlicher.

11

Den ganzen Tag hatte Ralf schon versucht, gegen die eigene Unkonzentriertheit anzukämpfen, aber es war ihm immer nur für Minuten gelungen. Schon am Morgen war er mit Herzrasen aus dem Bett gestiegen, wie nach einem Albtraum, und dann wollte sich die Unruhe nicht mehr legen. Er kannte sich gar nicht so.

Erst am späten Nachmittag, als Henning, sein Freund und Lieblingsvertreter, ihn irgendwann mitten im Gespräch ansah und sagte: »Alter, du stehst komplett neben dir«, war es Ralf auf einmal klargeworden: Es reichte jetzt. Er war lange genug im Sündereckchen gestanden, hatte lange genug so getan, als gäbe es alle Zeit der Welt für Marie, um sich zu überlegen, was nun weiter mit ihnen beiden geschehen sollte. Ich fahr einfach hin, entschloss er sich, und zwar sofort.

»Du hast Recht«, sagte er zu Henning und stand auf. »Ich muss was tun.«

»Willst du reden?«, fragte Henning mit einem ängstlichen Ton in der Stimme.

»Nein, fahren«, antwortete Ralf. »Sei nicht sauer, dass mit mir nichts anzufangen ist. Ich melde mich, wenn ich wieder da bin, okay?«

»Okay.« Hennings Stimme klang erleichtert. Den

Termin abzubrechen war immer noch besser, als ein Problemgespräch durchzustehen.

*

Marie hatte für ihre Verhältnisse Unmengen Wein in sich hineingeschüttet und sich nicht um Andreas besorgte Blicke und vorsichtige Fragen gekümmert. Keine Angst, dachte sie, ich werd schon nicht ausrasten. Es geht nur darum, dass ich schlafen kann.

Aber sie konnte nicht schlafen, als sie endlich, spät nachts im Bett lag und sich wunderte, dass ihr nicht schlecht war. Komisch, dachte sie, seit langem zum ersten Mal wünschte ich, Ralf wär da. Er bräuchte mich nicht zu berühren, bloß da sein. Sogar sein Schnarchen wär mir recht. Und dann schlief sie doch ein.

*

Im Nachtzug mit dem gleichmäßigen Schlagen seiner Räder gelang es Ralf nach Stunden doch, müde zu werden. Gegen Mitternacht in Mannheim bestellte er vorsorglich noch eine zweite Flasche Rotwein, aber er kam nicht mehr dazu, sie zu öffnen. Auf einmal war diese nervöse Unruhe, die ihn den ganzen Tag über nicht losgelassen hatte, verklungen, und er legte sich zurecht auf dem viel zu engen Bett, um endlich zu schlafen. Weil ich auf dem Weg bin, dachte er. Alles ist besser, als in Hamburg herumzugeistern und nicht zu wissen, was für eine Zukunft Marie sich vorgenommen hat.

Schon im Halbschlaf dachte er, ich hätte anrufen sollen, ich kann die beiden doch nicht einfach überfallen, aber dann versank er in das wattige Dunkel des Schlafs.

*

Andrea wachte in dieser Nacht wieder und wieder auf. Einmal glaubte sie, einen Schrei zu hören, aber als sie in Maries Zimmer gegangen war und an ihrem Bett stand, schlief die tief und friedlich, also entstammte der Schrei wohl Andreas eigenem Traum.

Danach stand sie lange auf ihrem Balkon und lauschte in die Nacht. Die Bilder ließen sie nicht los. Marie, die starke Marie mit dem schnellen Mundwerk, wie sie starr und stumm dagestanden hatte, sich von diesem Widerling anfassen lassen musste und nichts, einfach nichts entgegensetzen konnte. Und dann dieses Wimmern. Andrea schauderte bei der Erinnerung. Sie hatte den Ton jetzt noch im Ohr. Wie bei einem kleinen hilflos einer unentrinnbaren Gewalt ausgelieferten Tier.

Ich bin ja stolz auf mich, dachte sie, dass ich ohne Zögern auf das Schwein losgegangen bin, aber es war, als hörte ich etwas zerbrechen in Marie. Als hätte ich nicht verhindern können, dass in diesem Moment etwas Gutes und Schönes unwiderruflich zerstört wurde. Vielleicht male ich jetzt kein einziges Bild mehr von ihr. Vielleicht wird sie sich nur noch an diese ekelhafte Szene erinnern wenn sie einen Akt sieht und nicht daran, wie sehr dieses Nacktsein für fremde Augen ihr tiefes inneres Bedürfnis nach einer Existenz über die eigenen Grenzen hinaus befriedigt hat. Andrea seufzte und dachte, ich hätte Lust, den Kerl umzubringen. Dann ging sie zurück in ihr Bett, nur um wenige Zeit später wieder aufzustehen, weil ihr Herz bis an den Unterkiefer schlug und sie das Bedürfnis hatte, zu rennen. Irgendwohin.

Erst kurz vor dem Morgengrauen fiel sie in einen tiefen Schlaf, der sie für einige Stunden von diesem Gemisch aus Trauer, Wut und Angst erlöste.

*

»Hilfst du mir, den Orangenbaum einzupflanzen?«, fragte Marie beim Frühstück. »Irgendwie ist Action angesagt. Wilde, Kraft raubende Action.«

»Ich gelte aber nur als eine der zweitbesten Gärtnerinnen dieser Welt.«

»Macht nichts. Du fängst erst mal als meine Assistentin an.«

»Okay.«

»Der Mann mit dem grünen Daumen ist ja leider …«, Verlegen rührte Marie in ihrem Kaffee herum.

»Leider?«

»Ja, denk ich gerade. Hab ich gestern schon gedacht.«

Marie schaffte es, den Strunk herauszureißen und war verschwitzt und mit Erde verschmiert im Gesicht, an den Armen und am Hals. Danach saß sie erschöpft auf dem Mäuerchen, von dem Ralf damals gestürzt war. Wie lang war das schon her? Fast ein Jahr? Unglaublich.

Andrea schleppte das Orangenbäumchen herbei, und gemeinsam hievten sie es in das viel zu große Loch, das der alte Holunder gelassen hatte.

Sie schütteten einen ganzen Sack Blumenerde aus und betrachteten zufrieden ihr Werk.

»Muss man das jetzt gießen?«, fragte Andrea.

»Weiß nicht. Muss irgendwen fragen.«

»Oh, oh. Grüner Daumen.«

Marie reagierte nicht auf die kleine Spitze. Sie starrte auf den Boden, als gälte es, irgendetwas aus der frisch verteilten Blumenerde zu lesen. »Das von gestern«, sagte sie leise, »bitte sag das niemand.«

»Ja«, sagte Andrea. »Aber dass ich den Kerl bei Gelegenheit umbringe, erlaubst du.«

»Sag mir wann, ich helf dir.« Marie wollte flapsig sein und den Schock, der sie bei der Erinnerung an gestern eben überwältigt hatte, überspielen, aber sie wurde überflutet von einem Gefühl der Hilflosigkeit und gleichzeitig einem Zorn, der sie am Atmen zu hindern schien. Sie schlug die Hände vors Gesicht, weil ihr endlich die Tränen aus den Augen schossen.

Andrea setzte sich neben sie und legte den Arm um ihre Schultern. So saßen sie minutenlang, die eine schluchzend und die andere mit sanften Tönen eine tröstliche Melodie murmelnd, die, obwohl sie ohne Worte auskam, von jedem verletzten oder trauernden Menschen auf der Welt verstanden würde.

*

Je näher er Nizza kam, desto kleiner wurde Ralfs Mut. Wie konnte er einfach die beiden Frauen vor vollendete Tatsachen stellen, sagen, hier bin ich, macht was draus, ist mir egal, was. Er überlegte sich, ob er die Fahrt unterbrechen sollte, sich in Nizza oder Cannes ein Hotel nehmen und von dort aus anrufen sollte. Aber wenn er das täte, dann könnte er auch gleich wieder umdrehen. Wenn er Marie die Wahl ließ, würde sie sich gegen ihn entscheiden. Nein, es musste sein. Wie auch immer es ausgehen sollte, er stünde in ein paar Stunden da, und dann würde man eben sehen.

*

Andrea drehte den Elefanten in der Hand. »Sollen wir den vielleicht auch einpflanzen?«

Marie lächelte. In den letzten Stunden war mit den Tränen so viel Anspannung aus ihr hinausgeflossen, dass sie sich jetzt erleichtert und angenehm müde fühlte.

Sie hatten geduscht, sich danach kurz auf der Baustelle sehen lassen, wo die Zimmerleute schon am Dachstuhl hämmerten, während die Maurer ihre übrigen Steine einsammelten und verluden. Dann waren sie wieder hierher gekommen, denn sie wollten eine Stunde schlafen. Jetzt standen sie im Flur, und Andrea stellte den Elefanten wieder auf seinen Platz zurück.

Unbewusst verrückte sie die anderen Dinge, die auf dem Sideboard standen, und wurde Maries strengen Blickes erst gewahr, als sie fertig war und zufrieden aufsah.

»Würdest du bitte die Finger davon lassen?«, sagte Marie.

»Ich versuch's«, antwortete Andrea, »aber garantieren kann ich's nicht.«

*

Ralf stieg aus dem Zug und entschloss sich, da er weit und breit kein Taxi ausmachen konnte, zu Fuß zu gehen. Es waren nur knapp drei Kilometer. Sein winziger Koffer, nur mit dem Nötigsten, war kein Problem. So hatte er Zeit, sich vorzubereiten. Als hätte er das nicht schon die ganze Nacht und den halben Tag lang im Zug getan.

Wenn sie sagen, es geht nicht, reise ich einfach wieder ab, dachte er. Ich biete ihnen nur an, sich damit auseinander zu setzen, dass ich immer noch existiere. Mehr nicht. Es ist ein Angebot. Ich verlange nichts und mache keine Szene. Ich will nur sehen, ob ich in ihrer Welt noch vorkomme. Er ging los.

*

»Wenn jetzt Ralf da stünde«, fragte Marie nachdenklich und plätscherte mit der Hand im Wasser des Pools, »was würdest du dann machen?«

»Nichts. Ich würde schauen, was du tust und versuchen, mich danach zu richten.«

Es war Abend geworden. Sie saßen schon seit einer halben Stunde auf schwimmenden Plastiksesseln, die Marie vor einer Woche gekauft hatte, im Pool und paddelten sich gelegentlich zum Rand, um einen Schluck aus ihren Gläsern zu nehmen.

»Diese Sessel hier in deinem schönen Pool, also wirklich ...« Andrea verzog das Gesicht.

»Was ist damit?«

»Sie sehen einfach scheiße aus.«

»Aber sie sind klasse.«

*

Ralf grüßte hier und da, ihm wurde aus Vorgärten und Ladeneingängen zugerufen, schön, dass du wieder da bist, lange nicht gesehen, schaust du mal nach deinem Garten, und er ging zielstrebig den Weg zum Haus hinab. Jetzt war er nicht mehr unsicher. Es würde sein, wie es sein sollte. Abwarten. Hingehen, grüßen, abwarten.

*

Wie Boxautos stießen sich die beiden Sessel voneinander ab und kräuselten die spiegelglatte Oberfläche des Wassers. »Männer sind ekelhaft«, sagte Marie schläfrig. Sie hatte ihre Sonnenbrille in die Haare geschoben und ließ sie jetzt mit einem Stups ihres Fingers wieder auf die Nase zurückfallen.

»Nicht alle.« Andrea paddelte sich zum Rand.

»Musst du immer das letzte Wort haben?«

»Nein.«

Sie drehten beide die Köpfe, als sie das Knirschen schwerer Schritte auf dem Kiesweg hörten. Und als das Gesicht des Besuchers über der Hecke auftauchte, unsicher gegen die Abendsonne blinzelnd, aber mit einem freundlichen Lächeln, dann eine winkende Hand sichtbar wurde, dann der ganze Mann, der, einen kleinen Koffer in der Hand, die gewundene Treppe herabkam, da sahen sie einander an in der Hoffnung, bei der anderen ein Zeichen zu entdecken. Aber da war nichts, jede hielt sich versteckt hinter ihrer Sonnenbrille und einem nichts sagenden Gesichtsausdruck, bis Marie ihre Hand zur Schaufel geformt ins Wasser tauchte und Andrea die volle Ladung ins Gesicht spritzte.

Ralf ging in die Hocke und sah sich lächelnd die Wasserschlacht an. Das war schon mal nicht der schlechteste aller denkbaren Empfänge.

»Wenn jemand Hunger hat, in einer halben Stunde gibt's Essen«, rief er, als das Kreischen und Lachen sich gelegt hatte, stand auf und ging zum Haus. Ohne sich umzudrehen. Er wusste, sie sahen ihm nach.